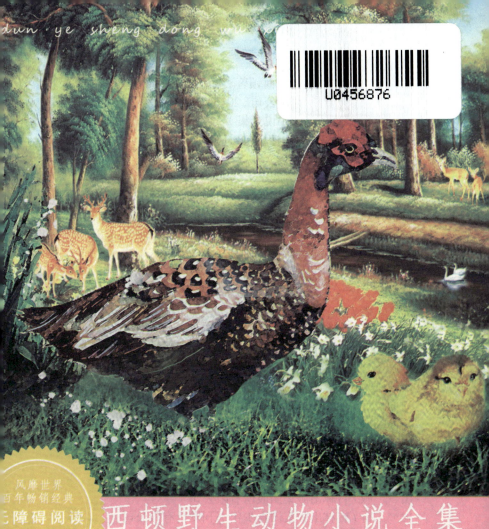

U0456876

风靡世界
百年畅销经典

无障碍阅读
彩色插图版

西顿野生动物小说全集

红脖子松鸡

HONG BO ZI SONG JI

畅销经典

[加拿大] 欧·汤·西顿 著

庞海丽 译

艺术体裁　蕴含哲理　开阔眼界

吉林出版集团股份有限公司
全国百佳图书出版单位

图书在版编目（CIP）数据

红脖子松鸡 / （加）西顿著；庞海丽译 . -- 长春：
吉林出版集团股份有限公司 , 2015.7
（西顿野生动物小说全集）
ISBN 978-7-5534-7911-8

Ⅰ . ①红… Ⅱ . ①西… ②庞… Ⅲ . ①儿童文学—
短篇小说—小说集—加拿大—现代 Ⅳ . ① I711.84

中国版本图书馆 CIP 数据核字 (2015) 第 142920 号

西顿野生动物小说全集

红脖子松鸡

著　　者 /[加] 欧·汤·西顿
译　　者 / 庞海丽
出 版 人 / 齐　郁
选题策划 / 朱万军
责任编辑 / 孙　婷　　田　璐
封面设计 / 西木 Simo
封面插画 / 西木 Simo
版式设计 / 炎黄艺术
内文插画 / 郭　媛
法律顾问 / 刘　畅
出　　版 / 吉林出版集团股份有限公司
发　　行 / 吉林出版集团青少年书刊发行有限公司
地　　址 / 吉林省长春市人民大街 4646 号
邮政编码 / 130021
电　　话 / 0431-86037607
印　　刷 / 三河市燕春印务有限公司
版　　次 / 2015 年 7 月第 1 版
印　　次 / 2018 年 7 月第 5 次印刷
开　　本 / 880mm × 1230mm　　1/32
印　　张 / 5.25
字　　数 / 75 千字
书　　号 / ISBN 978-7-5534-7911-8
定　　价 / 27.00 元

版权所有　　侵权必究

目　录

红脖子松鸡

一

　　松鸡妈妈带着它的十二个孩子走下了山坡。它的孩子们出生才一天，浑身松软，像长满了斑点的小绒毛球一样，浑身暄腾腾的，十分可爱。孩子们跟在松鸡妈妈身后，一边叽叽地叫着，一边踉踉跄跄地追赶着妈妈。

　　松鸡妈妈一边慈祥地小声叫着它的孩子们，一边往前走，时不时还要留意四周，因为附近的灌木丛、树木还有天空中都可能隐藏着敌人。确实，在森林里，松鸡眼里看到的都是敌人。

松鸡妈妈现在正带着它的孩子们到小河边喝水。孩子们自打出生以来还是头一次喝水呢。

可就在这时，敌人却出现了，是狐狸。

"咕噜噜噜！咕噜噜噜！"松鸡妈妈发出低沉的叫声，这是提醒小松鸡们快躲起来的意思。

这些小松鸡赶紧找躲藏的地方，有的钻到了一片树叶底下，有的钻到了两棵草根之间，只有一只小松鸡一时着急，找不到隐蔽的地方，于是，它就伏在了一块黄颜色的宽木片上，然后紧闭起眼睛来，它以为这样别人就看不见它了。

松鸡妈妈径直飞到了那只狐狸面前，它假装在地上摔了一跤，突然又飞不起来了，只是"吧嗒吧嗒"地不停扇动着翅膀。

"哇！多美味的午餐哪！"狐狸高兴极了，它猛地向松鸡妈妈扑去。

可松鸡妈妈却出其不意地飞到了旁边。

"还想跑！"狐狸再一次扑了过去。可是松鸡又躲开了。它的速度快得就像施了魔法一样。

狐狸在后面追，松鸡在前面逃。两次、三次、四次、五次……这样子循环往复了好几次，狐狸就离小松鸡隐藏的地方越来越远了。

过了一会儿，松鸡妈妈看差不多了，"嗖"的一下就飞到了空中，穿过树林飞走了。那只狐狸懊恼极了，只能眼睁睁地看着到嘴的美食飞走了。

松鸡妈妈就是用这种方法保护它的孩子们的。

很快，松鸡妈妈又飞回到那些小松鸡待着的地方，轻轻地叫了一声，招呼孩子们出来。于是，就像是变魔术一样，从四下里钻出来十二只小松鸡，摇摆着向松鸡妈妈跑去。

太阳升起了老高，火辣辣地烤着地面。松鸡妈妈绽放着它的大尾巴，叫它的孩子们钻到下面，这样，小松鸡们就凉快多了。

松鸡妈妈慢慢地踱着步，小松鸡在妈妈尾巴的遮挡下跟跟跄跄地跟着往前走。

松鸡一家终于走到了小河边。这时，一阵"沙沙"

的声音传过来，是一只动物跑过来了。

松鸡一家惊恐异常。仔细一看，却是一只灰兔子。

"兔子家族自古以来就是我们的好朋友。"松鸡妈妈让小松鸡们牢牢地记住了这句话。

接下来要学习喝水了。小松鸡们在河边站成了一排，它们一直盯着看妈妈怎么做。松鸡妈妈低下头来，嘴里吸了一口水，然后把头扬起来，嘴尖向上。小松鸡们也学着妈妈的样子，终于能喝到水了。十二只小松鸡都做着一样的动作，它们排成了一列，看起来就像是轮流地向河水点头致谢似的。

喝完水以后，松鸡妈妈又张开尾巴遮住它们，向草地那边走去。

草地里有个长满青草的大圆包，这种大圆包实际上是一个蚂蚁窝。

松鸡妈妈走到大圆包的顶上，开始用爪子刨土。蚂蚁窝一下子裂开了，成群的蚂蚁一下子从里面涌了出来，米粒大小的蚂蚁蛋也叽里咕噜地滚了出来。

松鸡妈妈啄起了一只蚂蚁蛋。然后，"咯咯咯"地叫了几声，把它丢在了地上。小松鸡们站在四周，仔细看着松鸡妈妈把蚂蚁蛋吞进了肚子里，于是，小松鸡们也学着妈妈的样子吃起蚂蚁蛋来。这样，它们就学会了吃东西的方法。

过了一会儿，松鸡一家又小心翼翼地来到小河边那片被黑莓丛紧紧遮蔽着的沙滩。

松鸡妈妈趴在了沙子里，用脚把沙子扒拉到身上，"吧嗒、吧嗒"地扇动着翅膀。

小松鸡们马上又模仿起了母亲的这个动作，这种沙浴玩起来心情特别舒畅，小松鸡们在这里一玩就是很长时间。

很快，这些小松鸡便学会了洗沙浴。

二

小松鸡的翅膀上渐渐长出了羽毛，羽毛每天都在长长。仅仅过了七天，这些小松鸡就都会飞了。其中有一个小家伙，从一出生身体就特别弱。

有一天，松鸡妈妈对孩子们喊道："敌人来啦！快飞起来!"别的小松鸡都飞起来了,只有这一只没有动。

等松鸡妈妈重新把孩子们召集到一起时,却不见了那只体质孱弱的小松鸡,原来,它被臭鼬鼠给抓走了。

小松鸡们从妈妈那里学习了很多东西,它们知道草莓和蝗虫很好吃,也知道斑胡蜂、毛毛虫和蜈蚣什么的更好吃。

松鸡一家经常去沙场洗沙浴,现在,它们使用的沙场在山冈上。松鸡妈妈发现那个沙场时,还不太想在这里洗沙浴,因为很多其他的鸟儿也常来这里洗沙浴。但它的孩子们却非常喜欢,一见这块沙场就纷纷地向那里跑去,所以松鸡妈妈也就遂了孩子们的意愿。

可两个星期后,松鸡一家就都生病了,即使吃了东西也是日渐消瘦,浑身发热,头痛得不得了,被病痛折磨得软弱无力。

原来,那些沙土里面混杂着许多寄生虫,这些寄生虫令它们全家染上了疾病。寄生虫就是那些专门靠寄生在其他生物身上吸取营养的虫子。

壁虱、跳蚤、虱子等寄生在生物体外,蛔虫和绦虫则寄生在生物体内。

松鸡一家用的洗浴沙场里，就有很多寄生虫的虫卵进入了它们体内。那些寄生虫一旦进入松鸡体内，就开始跟它们争夺营养，所以松鸡们就变得越来越瘦弱了。

松鸡妈妈于是便走到有黄栌的地方，啄食它的果子，小松鸡们也学着妈妈的样子啄食那些果子。因为黄栌的果子有毒，它们吃了这些有毒的果子后就会大量地排泄，这样一来，体内的寄生虫也被排出去了。

很快，松鸡们又恢复了健康。可是，有两只体质特别虚弱的小松鸡，吃完毒果子以后就死掉了。

不过，这两只死了的小松鸡却帮了兄弟姐妹们一个大忙。原来，有一只臭鼬鼠把它们俩的尸体狼吞虎咽地吃了个精光，结果就被它俩体内的毒素给毒死了。而这只臭鼬鼠就是吃掉那只体质最弱的小松鸡的大坏蛋。

现在，跟在松鸡妈妈身后的小松鸡，不知从什么时候起，就变成了七只。

身体瘦弱的小家伙们都夭折了。其中一只大傻瓜和一只小懒鬼都很健康。不过，松鸡妈妈最疼爱的，却是狐狸出现时伏在黄色的薄木片上的那只小松鸡。在这窝小松鸡当中，它不但个头最大，身体最健康，羽毛最漂亮，而且它还是一个最听妈妈话的孩子。

小松鸡们很小的时候必须在地面上睡觉。但它们现在长大了，松鸡妈妈就开始让它们体验起大松鸡的生活方式了。

一天傍晚，妈妈喊这些孩子过来，然后它就飞到了一棵枝繁叶茂的矮树上去了。小家伙们立刻跟着飞了上去。只有一只小傻瓜固执地大声叫起来："我就不嘛！我还要像以前一样睡在地上。"

第二天夜里，一阵"咔咔咔"的悲伤的鸣叫声传来，那只坚持在地上睡觉的小家伙被一只貂给吃掉了，不听妈妈话的小松鸡就这样送了命。

小松鸡们现在要学习的是无声飞行法和大声飞行法。无声飞行法适用于偷偷逃走时，如果要告诉伙伴们"现在有危险"或是为了吓唬离自己很近的敌人则要用到大声飞行法。

松鸡有句古话，大概是这么说的："每月有每月的敌人，每月有每月的吃食。"进入九月，草莓和蚂蚁蛋就没有了，它们便改吃种子和谷粒。这时，带着枪的猎人和狗就代替了貂和臭鼬鼠，成了它们新的敌人。

　　小松鸡们早就认识了狐狸的长相，当一只狐狸走近时，它们就会立刻飞到树上，但狗的样子，它们却几乎没有见过。

　　有一天，老克迪拿着猎枪，带着他那只短尾巴的黄色杂种狗来到了山谷里。

　　松鸡妈妈看见了那只狗，立刻大叫起来："起飞！起飞！"孩子们立刻就飞了起来，可是有两只小松鸡飞到树上就待在那里不动了。

　　"飞起来呀！一直向远处飞！"松鸡妈妈大叫起来。可这两只小松鸡却还是待在树上不动，还跟妈妈犟嘴："看把您急的！不就是一只狐狸吗？待在这里不会有什么危险的。"

　　突然，"砰、砰"两声枪响，声音大得惊人，树上的那两只小松鸡都被打落在了地上。原来，这两个小家伙根本就没发现老克迪在悄悄地走近。

　　不听妈妈话的小松鸡，又死了两只。

三

　　老克迪住在多伦多北部一所靠近唐河的小破房子里，他非常喜欢打猎。一看到猎物被他打落在地上，他心里就别提有多高兴了。狩猎时间一般都是从九月十五日开始的，可老克迪却不管这一套，一年到头都在捕猎，所以，松鸡家族一年到头都得当心这个老克迪，此外，还得提防老克迪带来的猎狗。

　　现在，松鸡的头脑里已经牢牢地记住了狗和狐狸是两种完全不同的敌人。

　　松鸡一家栖息在硬木树的细长枝条上，躲在最茂密的树叶当中，这样做既可以保护它们不受空中敌人的袭击，又因为休息的地方很多，它们可以安全地躲开地面上的敌人。

　　不过，它们却要当心树狸，因为树狸会爬树。树狸爬树的脚步声很大，所以总会被它们及时发现而逃开。

不久，树叶就开始飘落了，又到了果实成熟的季节。在这个季节里，猫头鹰会从北方飞来。对这些小松鸡来说，它们可是非常恐怖的敌人。

天气一天天变冷了。松鸡妈妈决定搬家，搬到一个冬天都不会落叶的树上去。

"过来！"松鸡妈妈召唤仅存的四只小松鸡。三只小松鸡立刻飞到了妈妈身边，可有一个小家伙却待在那棵叶子已掉光了的树上不肯走。"这里很好呀！"这只小松鸡说，"我已经长大了。"

松鸡妈妈的孩子们看起来确实跟妈妈长得一般大了。

第二天天刚蒙蒙亮，这只单独在树叶都落光了的树枝上睡觉的小松鸡，肩膀突然被什么东西抓了一下，刺骨的疼痛一下子从肩膀一直延伸到了后背。可怜的小家伙都来不及喊上一声，就被抓到了空中，原来，一只老鹰不知何时悄无声息地飞到了它跟前，将它从树枝上抓走了。

现在，松鸡妈妈就剩下三个孩子了。在这三只小松鸡里，有一只个头特别大，它就是松鸡妈妈最疼爱的那只小松鸡。

　　小松鸡们的头顶上长出了一点儿毛尖儿，那是颈羽，说明它们已经长大了。

　　身体最大的那只松鸡，颈毛长得最漂亮了，金黄金黄的，还闪着耀眼的红光。它就是日后那只鼎鼎大名的"唐河谷红脖子松鸡"。

　　现在已进入十月中旬，"橡果月"快要结束了。有一天，松鸡一家在距离草地还有一些距离的地方晒太阳。忽然，它们听见远处传来"砰"的一声枪响，于是，这些晒太阳的松鸡一下子跳了起来，飞到了圆木桩上。红脖子挺起胸脯，装腔作势地在圆木桩子上来回地踱着步。

　　天空明亮而澄澈，空气清爽而宜人。红脖子站在圆木桩上，挺着胸脯，耀武扬威地呼呼扇动着翅膀，发出一阵"吧嗒吧嗒"的声音。

　　红脖子把体内的能量都集中在了它的翅膀上。接着，它把翅膀拍打得更响了。"叭叭叭、咚咚咚……咚！"红脖子拍打翅膀的声音就像是在敲鼓，听到自己发出的这个声音，它的心情激动得不得了，不禁有点儿微微颤抖，然后它更加有力地扇动起自己的翅膀。

　　"咚咚咚、咚咚咚、咚咚……"

它的弟弟妹妹听到这个声音后都惊讶得不得了，于是便用羡慕的目光望着红脖子。它的母亲听了也有些惶恐，随后想："看来这个孩子已经成熟了。"

十一月来临时，这几只小松鸡终于都完全长大了。

这个月被人们称为松鸡的"疯狂月"。这个月里，当年出生的小松鸡都像疯了似的，到处飞来飞去。无论是多么聪明的松鸡，都抑制不住想要飞往别处的渴望。有的从高山飞往城镇，被电线割成两半而死去，有的会飞往大海飞进船舱里。

这些年轻的小松鸡不管雌雄，都会做出一些疯狂的事情来。有研究认为，它们之所以到处乱飞是为了避免同族近亲婚配。因为血缘相近的动物配对，对后代的健康非常不利。

十一月份，雁群在天空出现时，小松鸡们都会产生一种追随雁群远走高飞的热望，它们往往会把母亲和兄弟丢在一边，高飞而去。

红脖子当然也飞走了，其他小松鸡也都远走高飞了。松鸡一家，就这样散了。

四

红脖子一直飞向南方。可是它很快就遇见了像海一样大的湖，那个湖实在是太大了，它无论如何也飞不过去。所以，没有别的办法，它只好又按原路返回。

"疯狂月"结束后，红脖子又回到了原来的唐河河谷。不过，再也找不着它的母亲和兄弟姐妹们了。

天气越来越冷了，可以吃的食物也越来越少了。

"疯狂月"之后是"雪花月"，对应着人类日历上的十二月份。再往后是"风暴月"，这相当于人类日历上的一月份。

"雪花月"里，只有野蔷薇的花籽可以吃，而"风暴月"带来的，又是桦树的嫩芽。当然，"风暴月"也带来了暴风雪。

那时，树木都被积雪覆盖着，到了晚上，积雪都冻成了冰，想要吃到树上的嫩芽就没那么容易了，既要稳稳当当地待在树枝上采摘冰冻的蓓蕾，又得提防脚下打滑。

不过，红脖子的脚上现在已经开始长出了新的装备。就像鸡爪子一样，脚趾尖上冒出了好几排带钩的尖刺，这些尖刺也一天比一天大起来。这样一来，它的脚底下就不会太滑了，而且，还能在雪上行走自如了。自然之神特意为它制作了一双"踏雪鞋"。

"风暴月"之后是"饥饿月"——这个月里可真的什么吃的也找不着。这时，在人类的日历上写着二月份。

红脖子就在积雪覆盖的山野之间飞来飞去，不停地寻找着它能吃的食物。

天气严寒，老鹰和隼的身影几乎都消失了。取而代之的是猎人。

不过，红脖子很快就摸清了规律，带枪的猎人是不会到富兰克堡的高墙里面来的。"这可太好啦。"想到这，红脖子立刻飞往那里，打算在那里住下来。

富兰克堡的高墙附近连一只松鸡都没有，但是红脖子却一点儿也不感到孤独和寂寞。因为随便走到哪儿，都能瞧见一些快乐的麻雀在高兴地唱着歌："春天快来啦！"

暴风雪呜呜作响，刮进了森林。麻雀们却还是和以往一样高兴地唱着："春天快来啦，来啦……春天快来啦，是真的……"

太阳发出来的热量在不断地增加，山冈上的积雪开始融化了，一大片长满鹿蹄草的草丛露出了地面。这种植物四季常青，结满了很多特别香甜的果实。这种果实是一种又有营养又可口的食物。红脖子总能吃得饱饱的。

三月份是"清醒月"，寒冬已经过去了。那些在冬天进入冬眠状态的青草、树木，以及动物们现在也苏醒过来。

一天早晨，黑蒙蒙的空中，突然响起一阵"喀、喀、喀"的叫声，叫声十分嘹亮，响彻了整个森林。这是乌鸦队长"老银斑儿"带着它的乌鸦队伍从温暖的南方飞回来了。

从现在开始，春天真的到来了。

红脖子兴奋极了，它兴高采烈、精神饱满地在一根木桩上蹦啊跳啊，时不时啄着木桩，发出一种敲鼓般"咚咚咚咚"的声音，在山谷中激起了深沉的回响。

老克迪的小屋就在山谷下面。清晨，一片寂静，他听到了这种鼓声，禁不住自言自语："看来又有一只雄松鸡啊！看我把它给逮回来。"于是他拿起猎枪，偷偷地爬上了山谷。

不过，红脖子早就从妈妈那里知道了人类和猎狗的可怕了。

老克迪尽管很是小心，可红脖子还是很快就注意到了。它"嗖"的一下悄无声息地飞走了，一口气飞出了这个溪谷，飞到了很远的地方。

红脖子落在了小河边的一根圆木桩上。它出生以来最早啄过的就是那根圆木桩，"咚咚"的鼓声就是从那里第一次发出来的。

红脖子使劲地扇动着它的两只翅膀。这种强有力的振翅声听起来就像战鼓一样，声音传出了很远。

恰好这时，有一个小男孩经过那个溪谷，听到那个声音，吓得马上跑了起来，他一到家就喘着气说："哎呀！妈妈，可了不得啦！那些印第安人真的要打仗啦。现在，都能听见他们在那个溪谷里敲鼓啦。这可是他们开始发动战争的信号啊！"

那声音当然不是什么印第安人要打仗的信号，而是红脖子在向整个山谷宣告："春天来啦！春天来啦！"

春天啊，真的来了！

五

红脖子一边在圆木桩上擂鼓，一边竖起尾巴在上面走来走去，欣赏着自己那金光灿灿、漂亮无比的颈毛。如今，在它那两只明亮而锐利的眼睛上方，已经长出了红得像月季花那样的小小的鸟冠。

红脖子满怀希望，盼望着有谁能看到自己这美丽的身姿。以前它可从来没有如此迫切过，真是一件稀罕事。

有一天，红脖子正怀着满腔的热情"咚咚咚"地敲打着木桩，从草丛里突然传来一阵"沙沙"的轻轻的脚步声。它仔细一瞧，原来是那只老躲在灌木丛里盯着它看的松鸡。红脖子马上就飞了过去，它可真是一只漂亮的小雌松鸡啊！红脖子很容易就赢得了小雌松鸡的芳心，它们很快就结为了夫妻。

从此以后，红脖子的日子过得特别快乐。它每天都带着它的新娘四处转悠，使劲地敲着鼓，日子过得甭提有多美了。

可是有一天，它的妻子不知道跑哪里去了。红脖子在那棵老树桩上"咚咚咚"地啄了又啄，大声地呼唤着妻子，鼓点将它的意思传达了出去。于是，它的妻子重新又回到了它的身边。可是不到一会儿，它又飞走了，不知去了哪里。

这一回，不管红脖子怎样急切地呼喊，它的妻子再也没有回来。红脖子心烦意乱，不停地"咚咚"地敲着鼓点。

第四天后，红脖子再次飞到圆木桩上敲起了鼓点。于是，同上次一样，灌木丛里又传来了"沙沙"的声音，还伴随着一阵"叽叽叽"的可爱的叫声。

太不可思议了！红脖子的妻子带着十只小松鸡从灌木丛里走了出来。

红脖子"嗖"的一下飞到了妻子的身边，那些小松鸡们都吓坏了，它们立刻转过头来，向妈妈发出娇滴滴的呼唤声。

　　小松鸡对它们的妈妈是如此的眷恋，看到这一切，红脖子失望极了。没想到，红脖子特别眷恋的妻子，如今却成为小松鸡们眷恋的对象。

　　不过，红脖子马上就适应了这种变化，并且从这时开始，它也喜欢上了这些小家伙，然后，它便和雌松鸡一起，承担起照顾这些小松鸡的责任。

　　红脖子开始照顾小松鸡了，这种事可是不常有的。一般情况下，都是雌松鸡自己做巢养育儿女，它既不会告诉雄松鸡巢的位置，也不会叫它看见自己的孩子。

　　小松鸡跟在妈妈身后，蹒跚地走着路。小家伙们一走出去，爸爸红脖子就守护在它们左右，或者是远远地跟在后头。

　　有一天，小松鸡们同妈妈一起走下山坡，一只身体最小的小家伙被远远地甩在了队伍的后面。它跟跟跄跄地在后面跟着。红脖子在它后面几米远的地方，歇在一根高树桩上整理着羽毛。

　　这时，一只红毛松鼠从松树上探出了头。

　　"呀！这不是一窝小松鸡吗！看我把那只东倒西歪、

掉了队的小不点儿弄到手！"

　　松鼠一边嘀咕着，一边从它躲藏着的松树影里露出了自己的身体。松鼠的食物主要是树木的果实，可现在它却想喝点儿小松鸡的血。

　　红毛松鼠只顾看小松鸡了，竟然没有发现它们的父亲红脖子。这时，红毛松鼠从树上跳了下来，径直向走在最后面的小松鸡扑去。

　　突然，眼前倏地飞出一个黑影，"啾"地叫了一声。紧接着，"嘎"地一下子打中了松鼠的鼻尖，它被打翻在地，鼻血顺着鼻子流了下来。它头昏眼花、跌跌撞撞、连滚带爬地窜进了一堆矮树丛里。打倒这只松鼠的正是红脖子松鸡，它用的武器是它翅膀一角坚硬的关节。

　　松鸡的孩子们还不会飞时，老克迪就带着他的猎狗走进了森林，他的猎狗在前面跑着。

　　红脖子立刻就飞到了猎狗的前面，然后，它装出一副受伤的样子来诱骗猎狗。猎狗被蒙骗了，它追了上来，这是红脖子的母亲曾经用过的办法。红脖子就用这个办法把猎狗引到了溪谷下面。

　　没想到老克迪却向小松鸡和它们的妈妈待着的地方

走了过去。小松鸡的妈妈立刻就飞到了老克迪面前，然后也装出受了伤的样子。但它这样做毫无用处，根本就骗不了老克迪。

"你是在装受伤，你可骗不了我。"老克迪折下了一根树枝，敲打雌松鸡，但雌松鸡却轻巧地逃开了。

老克迪再去敲打时又失败了。他失去了耐心，冷不防地握住了猎枪。"砰"的一声，可怜的雌松鸡顿时被打得粉碎，身体像碎片般无力地飘落下来。

"这附近一定还藏着一群小松鸡。"老克迪嘀咕着，开始四处寻找它们。但他怎么也没有发现小家伙们的身影。

小松鸡们确实躲在附近，而且，有几只小松鸡还被老克迪给踩死了。松鸡的孩子们牢记着妈妈说过的话——"躲藏起来！"所以即使有敌人走过来，甚至踏在它们身上，它们也不动一下。

老克迪走后红脖子才回来。

红脖子发现附近七零八落的都是雌松鸡的羽毛和满是血迹的肉片，于是它马上就明白了刚才听到的枪声是怎么回事。

红脖子垂头丧气地站在那里，呆呆地注视着地上那些沾染了很多血迹的羽毛，那可是它妻子的羽毛啊！

六

红脖子很快想起了那些可怜的孩子，世上没有什么比这更悲哀的了。

"你们都过来！"红脖子大声呼唤它的孩子们。有六只小松鸡从草丛里跑了出来，后来，不管它再怎么呼唤，也就只有这六只了，因为另外那四只小松鸡早就被老克迪踩死了。

红脖子马上承担起雌松鸡的责任，照顾起它的孩子们，它教会这些小松鸡各种有用的经验。有敌人来时，它总是守护在它们身边。

由于红脖子头脑非常聪明，所以它这六个孩子都健康地成长着，身体一天天壮实起来。

自从妻子被打死以后，红脖子就停止敲击树桩了。但等它的孩子们都长大后，它又重新振作起来，恢复了过去的活力。有一天，它走近了那根老树桩子，不由得跳了上去，"咚咚咚、咚咚咚"地啄个不停。

已经长大了的小松鸡们个个蹲在了树桩上，看着自己的爸爸在那儿敲鼓。

很快，又到了"疯狂月"。长大后的孩子们心情也变得跟过去的不一样了。

"啾……"

"啾……"

"啾……"

小松鸡们一个接一个都飞走了，有三个孩子飞向了远方，另外三个孩子也飞走了，但它们只在唐河河谷的近处转悠了一圈，并且只过了一个星期，这三只小松鸡就又飞回了红脖子的身边。

开始下雪了。

红脖子和它的三个孩子一起，飞到了一棵大树附近。狂风把雪吹成了一堆，红脖子飞进了那个雪堆里，小松鸡们也跟着钻了进去。

接着，雪花又渐渐飘落了下来，最后，它们弄的洞口都被雪给封上了。红脖子一家很快就被雪严严实实地给包住了。

　　雪堆里面非常暖和，红脖子和小松鸡们在那里舒舒服服地睡了一觉。第二天一早，红脖子就喊了起来："喂！孩子们！用力飞起来！"

　　于是，小松鸡们开始使劲地扇动翅膀，不一会儿，积雪就被它们的翅膀给扇开了，松鸡们快活地飞出了雪堆，飞向了外面的世界。

　　红脖子和它的孩子们非常喜欢在雪洞里过夜。那里既温暖又安静，还不用担心被敌人发现，所以它们对那里很是满意。

　　一天夜里，温度稍微升高了一些，飞雪一会儿便变成了雨夹雪，不久，又变成了银光闪闪的雨水，积雪很快就融化了。突然地，温度又降了下来，先前融化的雪，马上又被冻了起来，周围就像是被罩上了一层厚得可怕的大冰块。

　　红脖子和它的孩子们钻进的雪洞也冻成了一个冰洞穴。

　　当红脖子醒来时，它还想像过去一样抖落掉头上的积雪，向外面飞。没想到，头上的雪却被冰层代替了。

没办法，红脖子只好啄起冰块来。可冰块太硬了，它怎么也啄不出一个洞来，时间一点点过去了，后来，它的嘴和头都疼起来了，力气也渐渐衰弱了下去，肚子也饿了。

这时，不知从哪里传来了焦急的喊叫声。原来，它的孩子们跟它一样，也被封锁在了冰下。小松鸡们扯开了嗓子，死命地哀求着，想让爸爸去救它们。可红脖子也是无能为力。

整整一天，红脖子都在不停地啄着头顶上的冰块。终于让它啄出了一个比较明亮的白点子。

黑夜又来临了，时间一点儿一点儿地过去了。

到了早晨，红脖子发现头上有一块地方比其他的地方都要明亮，它用尽最后一点儿力气，啄起了那个明亮的地方。冰终于被啄破了，它喜不自胜地走到了外面。

"咕咕、咕、咕、咕。"红脖子开始扯着嗓子呼唤起自己的孩子们，很快就有细微的声音传了过来。

红脖子立刻循声而去，又是用脚刨又是用嘴啄。

最后，从雪洞里踉踉跄跄地爬出来一只灰尾巴的松鸡小姐。

"咕咕、咕咕咕……"红脖子还在拼命地呼唤，但是，它再也没有听到应答的声音，另外两只小松鸡早已精疲力竭，在冰牢里累死了。

春天冰雪融化之时，它们的躯体终于暴露了出来，不过只剩下一堆皮骨和羽毛了。

七

红脖子和它最后仅剩的一只松鸡女儿一起度过了残冬，由于它们被困在那个冰屋里，差点儿死掉，所以，这对松鸡父女想要完全恢复健康，还需要很长时间。

"咚咚咚、咚咚咚咚……"尽管还是在冬天，天气暖和的时候，精力充沛的红脖子又叩击起了木桩。没想到这却暴露了它的踪迹。

"那只松鸡居然还活着呀！好啊！这回我一定要捉住它！"老克迪于是便带着猎枪和猎狗漫山遍野地搜寻起来。

红脖子早就看见老克迪和猎狗了，而且，经过长期被追逐的日子，它也知道该怎么从老克迪的猎枪下逃生了。

有一天，红脖子发现了老克迪的身影，老克迪这回是一个人来的。红脖子藏在路边茂密的矮灌木丛里，老克迪的脚步声渐渐临近了，红脖子还是一动不动地藏在那里。

老克迪那沉重的脚步声渐渐逼近了，他在距离红脖子还有一米的地方站住了，忽然，"叽叽叽叽、啾……"的几声，红脖子使劲地拍打着翅膀，高飞起来。

老克迪吓了一跳，马上对着这只松鸡"砰"地放了一枪。

但老克迪打中的只是跟前这棵大树。

红脖子转眼就钻进了那片树荫里，然后向远处飞去。

"这可恶的家伙！"老克迪非常生气，却再也看不到松鸡的身影了。

这期间，红脖子在那一带早已特别出名了。有几个猎人专门为了打死这只美丽的松鸡而走进了森林。不过对于森林知识的了解，红脖子却比他们懂得多一些。

老克迪追过红脖子好几次，而且还对它开了几枪，但每次都是空手而归。红脖子就像使用了什么魔法一样，它总是在最后关头消失在树影里或土堤上，子弹也只能打到树上或土堤里。

"唉，真气人！等着瞧吧，我一定会把那只红脖子松鸡亲手干掉！"老克迪跺着脚说道。

有一天，老克迪藏在了一个土堤下，然后对猎狗下命令："好！去吧！"

他让猎狗去追松鸡，把松鸡追赶到他面前来。

红脖子已经看见老克迪进入了溪谷。它一边"噜噜噜、噜噜噜"地鸣叫着，一边飞向了一棵大松树。它的叫声是在告诉它的女儿："危险，有敌人！"

这时，红脖子的女儿正在山冈上休息。听到爸爸的危险预警，它回头一看，正好看到一只猎狗向自己这边跑来，吓得它大叫一声，飞了起来。它的爸爸红脖子喊着："这边，快到这边来！"

红脖子跑进了一片大树荫里，召唤它的女儿赶紧过来。

就在这时，红脖子注意到附近的土堤下好像有一些细微的声音，似乎有什么猎狗向红脖子的女儿灰尾巴追了过来。灰尾巴正在考虑往哪里飞好呢，猎狗就扑上来了。灰尾巴高声地叫喊着飞了起来，躲开了猎狗的攻击。灰尾巴扇动起翅膀来强劲有力，它的飞行姿势非常美妙，简直到了令人瞠目结舌的地步，它从两棵树的树缝里钻了出去，很快就向那片开阔地飞去。

就听"砰"的一声枪响，早已埋伏在土堤上的老克迪开枪射向了它。

灰尾巴身上的羽毛七零八散地落了下来，它头破血流，痛苦地拍动着翅膀掉在了雪地上。这只灰尾巴的松鸡曾耐住了冬天的严寒，在冰牢里也没有被冻死，可最后还是死在了人类的猎枪下。

现在就剩下红脖子孤零零的一个了。那支残酷的猎枪和它的主人，把它最后一个亲人也给打死了。

老克迪从地上捡起了被他打落的松鸡。接下来他要去收拾红脖子了，猎狗也跟在了他后面。

红脖子这时已经无法再安全起飞了，因为猎人和狗很快就来到了它附近。它这时要是飞起来，就有被枪杀的危险。

红脖子一直在低声地呼吸，在那只猎狗和老克迪通过之前，它始终保持一动不动。

　　"那只红脖子松鸡现在还活着，我们不管怎样也得把它打下来。"老克迪对他的猎狗说。那只黄颜色的猎狗一个劲儿地冲着主人摇尾巴，好像是在说："是啊！是啊！"

　　之后，老克迪带着他的猎狗又出去追捕了几次红脖子。

　　红脖子具有超人的智慧，每次都能从猎狗和人类的猎枪下成功脱逃。不光是老克迪和他的猎狗追赶红脖子，其他猎人知道唐河河谷有一只红脖子的松鸡后，也慕名而来，想逮住这只美丽的松鸡。

　　"雪花月"到了，狩猎期已经过了，红脖子还是没有任何喘息的机会，到处都被人追杀。尽管如此，还是没有谁能把红脖子弄到手。

　　雪下得越来越多，积雪也渐渐地变厚了。老克迪和其他的猎人在山里行走也变得越来越困难了。

　　"难道我就想不出更好的办法把红脖子给抓住吗？"老克迪暗自寻思。

　　后来，他终于想到了一个好办法。这天，他敲打着膝盖小声地嘀咕："有啦，这真是一个好办法！我就拿结实的蔓草给它下绊子。"

然后，老克迪就在红脖子经常活动的地方安装了一排逮鸟的绊子。那些绊子实际上是用蔓草结成的圆圈，没有一点儿技术含量。可是，如果鸟或动物把头或者脚伸到了那个圆圈里，想挣脱出来的话，圆圈就会越结越紧并把它们的头和脚系起来。如果人类钻进了那个圈里，还能用手把那越来越紧的圆圈给松开，可动物和鸟类就做不到这一点了。而且，动物被逮住后就会乱蹬乱踹，这样一来，它们就会被结着绊子的树枝往上一弹，然后就被高高地吊了起来。

老克迪在路上设置了很多的绊子。不过，由于野兔也总是来回地从那条路上跑，所以，他设置的那些绊子被野兔咬断了好几个。因为这些绊子同样也是野兔的陷阱。

有一天，红脖子见远处的天空中突然出现了一个孤零零的小点儿，它就一直盯着那边看。

"不会是老鹰吧？"想到这，红脖子赶紧就往树丛里躲。可突然间，它的一只脚却被什么东西给拽住了，身体也一下子被牵了回来，冷不防就被吊到了空中。

红脖子不由自主大喊大叫了起来，它使劲地扇动翅膀想要飞走，可它的一只脚却被结结实实地绑住了。

红脖子最终还是被老克迪下的绊子给逮住了，它被倒吊在了树上。

"吧嗒吧嗒、吧嗒、吧嗒……"红脖子不停地扇动着它的翅膀，开始时它的翅膀还很强劲有力，可渐渐地，它的体力衰弱了下去。肚子开始饿了，严寒一点点侵入了它的身体，而且，它的一只脚还被圈套套住了，一点儿也动不了。那个圈套不停地折磨着它，想一点儿一点儿地、慢慢地把它弄死。

让红脖子遭受了如此大的痛苦、使它一点儿一点儿濒临死亡的，正是人类。如果人类对自己的同类做出了这样的事，那他一定会被立刻投入监牢。可就因为对方不是人类而是动物，他们就可以用如此狠毒的招数来对付它们吗？难道野生动物们就不能像人类一样，拥有生存的权利吗？

红脖子就这样被倒挂一整天，它不停地扇动着它的大翅膀，越来越痛苦。

到了晚上，痛苦更是一点儿一点儿地增加。那只被绑住的脚已经麻木了，因为长时间倒挂着，它的头部充满了血，眼睛也花了。

红脖子身体非常健康，又很结实，正因如此，它反而不能马上死去，遭受的痛苦也被延长了。

"真痛苦呀！赶紧死了算了！"红脖子不断地这么想。

时间一点儿一点儿地过去了，好不容易挨到了天亮。之后，白天又过去了，周围又完全变黑了。这时，一个很大的黑影出现了，原来是一只猫头鹰。

这只猫头鹰是听到了红脖子那微弱的振翅声才飞过来的。发现红脖子后，猫头鹰立刻飞了过去，用它那强劲有力的大爪子把红脖子的心脏抓了出来。看起来似乎很残忍，但在这种情形下，红脖子就不用再承受无休止的痛苦了，对它来说反倒是一件幸福的事。这样，红脖子总算从痛苦中解脱了。

风顺着山谷吹了下来。在被风吹来的白花花的雪片当中，夹杂着一些黑乎乎的东西，那些正是红脖子的羽毛。而被猫头鹰撕碎的红脖子身上那漂亮的彩虹般的羽毛也在随风飘舞。

那些羽毛掠过水波翻腾的黑黢黢的湖面，很快就沉没在了水中。

从此以后，唐河河谷有名的红脖子松鸡就从这个世界上完全消失了。

此后，唐河河谷里就再也看不到一只松鸡了。到了春天，树林里的鸟儿也听不到松鸡发出的"咚咚"的敲鼓声了。

信鸽阿诺克斯

一

　　我的生活原本和鸽子没有什么联系，可有一次我却被选作鸽子竞赛的裁判。正因为我不懂，养鸽人才会选我做裁判，因为我不会像那些喂养信鸽或者熟悉信鸽的人那样有个人的喜好，从而有所偏心，最终做出不公正的裁决。

那次，我穿过19号西街上一所马厩的偏门，爬上一段楼梯，到了顶楼时，发现那里本该有的清新的马料味儿消失了，代之以一种干草的芬芳。仔细一看，原来顶楼南边被一扇墙堵了起来，这样一来，顶楼就成了一个大大的鸽舍。

鸽舍里住着一群非常优秀的鸽子，拍打着翅膀发出大家所熟悉的"咕咕、咕咕"声。这次恰好要举行五十只小鸽子的飞行比赛。这次比赛是为训练小鸽子而举办的。在此之前，曾举行过一两次，但那两次都是让这些小鸽子和它们的父母一起参加，而且都在离家不远的地方放飞。

而这一次，小鸽子却没有父母陪伴了，它们要来一次真正的自己的飞行。放飞地点选在了新泽西州的伊丽莎白城。对于这些小鸽子来说，没有帮助，单独飞行这么远的距离的确是一次考验。但训练鸽子的人却说："我们就是要通过这种方式，淘汰那些差一些的鸽子，保留那些最优秀的信鸽。"当然了，比赛还有一个意义，就是让那些能够顺利飞回来的鸽子一较高下。因为住在鸽舍附近的几个鸽子迷之前已经为比赛筹到了一笔奖金，准备奖励最先回来的鸽子。

"你要明白，这次比赛的获胜者不是先回到鸽舍外的鸽子，而是最先飞进鸽舍的鸽子。"训鸽员说。

这个道理我当然明白，因为，如果仅仅是飞回鸽舍附近，而不是飞进鸽舍，让人们知道它已经回来，这对于即将成为通信使者的信鸽来说，自然是一种能力不佳的表现。

如此看来，由我决定哪只小鸽子获胜还是一件挺重要的事情呢。

那些羽毛上有美丽条纹的鸟是不可能成为信鸽的，饲养它们只是为了摆摆样子，参加一些展览会，供人们观赏。真正的信鸽就得飞得快，还得忠实于自己的家，必须毫无差错地尽早返回家里。世界上没有哪一种动物比一只优秀的信鸽更能准确地辨别方位了。

比赛终于开始了，工作人员事先告诉我："正午十二点开始放飞鸽子，十二点半左右它们就会陆续返回。你可得注意了，如果有许多鸽子一下子飞回来，你得看清楚到底是哪一只鸽子先进鸽舍的。"

我们都站在鸽舍里边沿墙的地方，每个人都怀着无比焦急的心情静静地等待着，虽然旁边有许多的见证人，但因为只有我一个人是裁判，所以心里一个劲儿地提醒自己："可千万要看仔细了，丝毫不可以马虎。"那种紧张感直到现在我还记忆犹新呢。

我们就一直站在那儿，从鸽舍眺望着遥远的地平线处的天空。不一会儿，一个人兴奋地大叫起来："快看，它们回来了！"

果然，远处的天空中，一片白云似的东西闯进了我们的视野。它们低低地掠过城市的上空，然后舒展开来，离我们越来越近——是信鸽群！只见这群信鸽掠过了房顶和树梢，绕开了高高的烟囱，越飞越近。从天边出现一抹云彩似的东西，到信鸽出现在眼前，一共不到两秒钟的时间。就像一道白色的闪电，出现在了鸽舍前。

随着一阵"啪啪"的翅膀振动声，一只鸽子已经如离弦之箭飞进了鸽舍，虽然我事先早有心理准备，但一切还是来得太突然了。就在这只鸽子冲向鸽舍，翅膀"唰"的一下擦着我的脸，我还赶紧去关鸽舍的小门时，有人在喊："阿诺克斯，阿诺克斯，我就知道，它一定会拿第一的。它才三个月大，竟然能够获胜，真了不起啊，多么可爱的小家伙！"

阿诺克斯的主人高兴得手舞足蹈，获了奖他当然高兴了，但他更高兴的是阿诺克斯才这么小就成为一只优秀的信鸽了。据说，阿诺克斯所在的鸽舍产生了不少优秀的信鸽，同一时期的五十只小鸽子中，最优秀的当属阿诺克斯了。

阿诺克斯大口大口地喝了些水，然后便跑到食槽里找食吃。鸽舍里面的人们有的坐着，有的蹲着，大家都怀着莫大的敬意，注视着它的一举一动。

"瞧它的眼睛和翅膀，还有它的胸脯，你们见过没有？那些真正的好信鸽都是这样的！"阿诺克斯的主人对那些因信鸽比赛失败而有点儿垂头丧气的人唠叨道。

这是阿诺克斯第一次做了冠军，它的前途看来一片光明。

由于这次的获胜，阿诺克斯的一条腿上被套上了代表优胜的银质脚环，脚环上刻着它的名字及其编号：阿诺克斯，2590C。

二

　　这次比赛以新泽西州伊丽莎白城为放飞点，参加比赛的共有五十只小信鸽，但是在半小时左右的时间内飞回纽约的小信鸽只有四十只。这一点儿也不奇怪，而且常常发生。有的信鸽是因为身体差而掉了队，有的信鸽则是因头脑不清而迷了路。养鸽人就是通过这种方式来淘汰较差的信鸽，改良他的鸽群的。没有及时赶回来的那十只信鸽中，只有五只在当天晚上很晚的时候才赶回来，而且是零零散散地飞回来的，而另外的五只信鸽，从此就杳无音信了。

　　晚上才回来的这五只鸽子中，有一只蓝色的鸽子，它的体形较大，看上去呆头呆脑的，当时待在鸽舍里的一个人说道："没想到这只大蓝鸟居然回来了，我还以为它回不来了呢！你看它胸脯这么大，腿长得那么长，脖子老是在晃悠，就算它真没回来，也没什么可惜的，反正它根本没什么指望成为一只好信鸽！"

鸽舍里的工作人员这样评论这只大蓝鸟。尽管如此，这只鸽子毕竟回到了鸽舍，所以它还得被继续喂养着。这只大蓝鸟的生命力非常旺盛，它长得比其他兄弟姐妹都要快，体形偏大，显得非常漂亮。而由于体形较大，这只大蓝鸟从小就养成了欺负其他鸽子的习惯。我们当然知道，信鸽成长过程中最重要的，不是它长得有多大、长得如何漂亮，而是它的飞行速度和能否准确迅速地回到鸽舍、进入鸽舍。

每隔几天，就要举行一次鸽子们的飞行训练，放飞的地点也由四十千米、五十千米逐渐变得更远，而且飞行方向也总在变化。这是为了让鸽子们尽快熟悉纽约周围方圆二百五十千米的地区，让它们在这块土地上无论从哪里放飞都可以及时而又准确地飞回来。

在这样不断的飞行训练中，原来的五十只鸽子渐渐地只剩下了二十只。由于筛选非常严格，不仅那些身体弱条件差的鸽子被淘汰了，就是那些偶尔不舒服、碰上意外事故的，或者是在起飞前吃得过多而飞行缓慢的鸽子，也都被慢慢地淘汰出局了。剩下来的这二十只鸽子基本上都是阔胸脯、亮眼睛、长翅膀的，这种身体条件非常适合快速地飞行。这些鸽子的羽毛大部分都是白色、蓝色和褐色的。阿诺克斯在那次竞赛获胜之后，每一次的飞行训练都取得了优异的成绩。剩下的这些鸽子，现在脚上基本上都戴着属于自己的银质脚环，就像阿诺克斯一样，所以这些鸽子平常挤在一起休息时，你丝毫觉不出阿诺克斯有什么与众不同的地方。可一旦在训练场被放飞，阿诺克斯便会一下子直冲云霄，在这可以超越一切障碍的必要高度上，阿诺克斯飞这么高可以避免让自己沉醉于周围的景色而迷失了回家的方向。在飞上高空、辨明飞行方向后，阿诺克斯一点儿也不会考虑什么吃喝问题，也不会考虑与谁结伴飞行，而是笔直地向鸽舍冲去。

三

大蓝鸟也幸运地进入了最后二十只信鸽的行列，虽然它从来没有得过第一，虽然它经常是很晚才能回到鸽舍，甚至有时其他的信鸽都已经回来几个小时了，它才回来，而且既不饿又不渴，很明显它在飞行途中又去闲逛寻找吃喝的去了——但由于它每次都能回到家，因此它也和其他的信鸽一样获得了银质的脚环。

训练还在继续进行，在不到一年的时间内，小信鸽阿诺克斯又创造了新的纪录。在海上飞行是训练中最困难的，因为茫茫大海上没有任何固定的物体可以作为飞行的标志物，尤其当海上大雾弥漫、太阳被云雾遮住时，视觉、听觉、记忆力都不起作用了，这时，要辨别方向就是一件非常困难的事情。能通过这种训练的信鸽可以称得上是最优秀的信鸽了。

有一次，阿诺克斯和另外两只信鸽被带上了一艘开往欧洲的海轮，准备进行海上训练。鸽舍里的工作人员都没有跟着，只是把装有这三只信鸽的笼子托付给了海员。

原来的计划是等看不到大陆时，就放飞这三只信鸽，可这艘船出海不久，海上就起了大雾，出海还不到十个小时，海轮的引擎就发生了故障，无法前进了。这时，海轮就像一块木头一样，随波逐流，除了拉响汽笛求援外再无别的办法了。可海上的雾这么浓，又有谁能发现他们呢？当海员们冥思苦想，想不出什么办法的时候，有人突然想到，船上还有三只信鸽呢，最后，他们把希望寄托在这三只信鸽身上。

2592C号信鸽最先被选中。船员们把求救信息写在一张防水纸上，然后卷起来系在了这只信鸽的尾翼下面。接着就把它抛向了空中。2592C号信鸽立刻就在浓雾中消失得无踪无影了。半个小时后，2600C号信鸽，也就是那只大蓝鸟，也被系上了同样的一封求救信，然后被放飞了。可大蓝鸟飞出还没有多久就又飞了回来，停在船舷的绳索上一动也不动。看来它一定是害怕了，船员很轻松地就逮住了它，把它重新放回了鸽笼。

2590C号是阿诺克斯，这只矮小结实的小信鸽最初没被海员们看上，第三个才从鸽笼里被取出来。求救信被系在了它的尾翼下。海员们根本不知道它是怎样一只信鸽，只是在抓住它时感觉它的心脏不像大蓝鸟跳得那么厉害。阿诺克斯很快就被抛向了空中，它先是围着海轮转了一圈，然后便盘旋着飞上了更高的天空，直到它小小的身影消失在了浓雾当中。绑在阿诺克斯身上的那封求救信是这样写的：我们的海轮在远离纽约的海面上发生了机械故障，现在只能随波漂流。请派一艘拖船过来。我们的信号是每隔一分钟鸣响汽笛一次，一长一短。

飞离了海轮，飞进浓雾之中的阿诺克斯就像心里有一种力量在催促它飞行一样，尽管它现在已经完全感觉不到海轮的存在了，而且其他的感觉也似乎失去了作用，可它还是摆脱了恐惧，专心地依靠这种内在的力量，确定了回家的方向。实际上，在它刚一离开海轮，在海轮上空盘旋之时，它就已经确定了家的方向。

阿诺克斯在浓雾之中不断地向上飞，它就像离弦之箭，笔直地朝家的方向飞去。虽然隔着千山万水，但丝毫阻挡不了阿诺克斯回家的决心，在它心中，家才是这个世界上最温暖、最安逸的地方。

四

那天下午，正在鸽舍里忙活的比利突然听到"啪啪"一阵翅膀扇动的声音，就见一只鸟飞进了鸽舍，直接奔向了饮水器，开始大口大口地喝起水来。

　　"阿诺克斯，原来是你呀。"出于养鸽人的习惯，比利看了一下表，记录下了阿诺克斯到达的时间，当然马上就发现了绑在阿诺克斯尾翼下的线。他急忙逮住了阿诺克斯，从它身上取下了求救信。得到求救信后不到两分钟，比利就向轮船公司跑去了。轮船公司得到消息，很快就做好了出海搜救的准备。这时，比利和轮船公司才明白，阿诺克斯在浓雾弥漫的海上飞行三百四十千米仅仅用了四小时四十分钟，这可是一个非常出色的纪录！信鸽俱乐部立刻把这个出色的飞行成绩记载进了俱乐部的卷宗里。而且，俱乐部的负责人还用永不褪色的墨水亲自将这次的飞行成绩、时间及有关的数字写在了阿诺克斯翅膀中的白色羽毛上。

　　而那只怯懦的大蓝鸟则坐着海轮，安安稳稳地返回了家中，第一只小信鸽始终没有回来，也许早已死在了苍茫的大海上了。

　　这是阿诺克斯公开创造的一次飞行纪录，之后它又屡创一些新纪录。

五

一天，一位白发苍苍的年迈绅士坐着马车来到了阿诺克斯所在的鸽舍。整整一个早晨，他都和比利一起坐在鸽舍里，不时透过他的金边眼镜凝望着远方的天空，一脸的焦虑。原来，他正在等阿诺克斯从一个小地方送回来的信呢。

那个地方距离鸽舍有六十多千米，这时，尽管电报已经是传递信息的一种最快方式，可电报的发报方和收报方都要各花去一个小时，这样一来，电报就赶不上信鸽的速度了。

老绅士是一位银行家，那个小地方的消息对他来说极其重要，于是他便雇用了阿诺克斯替他传递消息。这时的阿诺克斯，翅膀上早已记下了七次不可磨灭的纪录，现在的它已经是最最优秀的信鸽了。老绅士到鸽舍来等，就是为了能最快地收到自己需要的信息。

　　但是直到第三个钟头开始的时候，阿诺克斯才像流星般飞进了鸽舍。阿诺克斯飞进鸽舍时，这位年迈的银行家早已面色苍白，因为阿诺克斯带回来的消息决定着这位银行家的命运。比利熟练地剪断了捆着信的线头，将信递给这位老绅士，这时的老绅士脸上就像死了一样惨白。银行家双手颤抖，手忙脚乱地打开了信，读完之后，脸上才恢复了血色："感谢上帝！总算解决了我的大问题。"他一边喘着气，一边飞快地赶去开银行的董事会了。

　　小小的阿诺克斯就这样挽救了老银行家的事业，挽救了他的命运。不久，银行家再次来到鸽舍，他非常感谢这只小信鸽，很想把在危难中给他送来可贵信息的阿诺克斯买下来。但比利知道这样做不合适，于是便对银行家说："这样行不通，就算你买下了阿诺克斯，也得不到它的心，而且，你只会把它关起来，虽然会很好地饲养和照管它，但它却变成了囚犯，不能自由地飞翔了。因此，无论你怎样对它，都不可能让它忘掉生养它的这个地方。"

　　比利这么一说，银行家便打消了购买阿诺克斯的念头，于是，阿诺克斯还是跟以前一样住在 19 号西街 211 号的鸽舍里。

六

在我们生活的这个地区，有一帮无赖，他们总把飞翔的信鸽当成猎物打下来。一些可爱的、优秀的信鸽，有时就是在匆忙的飞行途中，被这帮无赖打落下来，变成他们的盘中餐的。

阿诺克斯有一个兄弟，叫作阿诺夫，它的一只翅膀上记载了三次出色的飞行纪录，脚上也套着银质脚环。但在一次传送医生急诊信件时，阿诺夫被这帮无赖给打下来了。当奄奄一息的阿诺夫掉落在猎杀者的脚边时，看着信鸽的脚环，以及信鸽翅膀上出色的纪录，猎杀者一时良心发现，于是便把阿诺夫的尸体和送的急信一起悄悄地送回了信鸽俱乐部，还编造谎言说是自己在路上无意中发现的。阿诺夫的主人听到消息立刻跑了过来。在反反复复的询问之后，这名猎杀者才坦承是自己开枪杀死了阿诺夫。不过，那人还在狡辩，"因为有一个生病的可怜的邻居想吃鸽子肉做的馅饼，我才打死它的。"

阿诺夫的主人眼含泪水，悲痛地说道："阿诺夫可是在给医生传送急症病人求治的加急信件啊，它救过两个人的性命，曾经送过二十几次事关生命的重要信件，你怎么忍心为了做鸽肉馅饼就把它打死呢？为病人做馅饼还可以用其他肉呀。我可以惩罚你，但我不想报复。我只想请求你，今后千万不要再猎杀信鸽了。好吗？"

这件事很快就传开了，最后，经过信鸽爱好者的一致努力，小镇上终于制定了保护信鸽的法律。

七

有一天早晨，当比利走进鸽舍时，发现里面有一大一小两只鸽子正在打架。它们扭成了一团，在地上滚来滚去，羽毛到处飞舞，尘土飞扬。等比利把它们分开来一看，竟然是大蓝鸟和阿诺克斯，它们是为了一只漂亮的小雌鸽而打架。这一仗阿诺克斯打得非常漂亮，因为，虽然它的个头几乎只有大蓝鸟的一半，但它最终还是占了上风。

比利本来就不喜欢大蓝鸟，因为它胆子小又喜欢打扮自己，而且还经常在鸽群中挑起争斗。比利尽管非常讨厌大蓝鸟，但大蓝鸟毕竟也套上了银质的脚环，也是属于必须照顾的信鸽。于是，比利便为大蓝鸟选配了别的雌鸟，并把它关进别的笼子里，这样就和阿诺克斯完全分开了。

从此，阿诺克斯和大蓝鸟分别和自己的雌鸟建立起了小家庭，日子过得其乐融融。

这时，从芝加哥到纽约的信鸽障碍飞行比赛也即将举行了。这是一次长距离的飞行比赛，六个月前阿诺克斯就报名了。

但就在这时，阿诺克斯却遇到了家庭纠纷。原来，因为阿诺克斯经常要外出工作，闲来无事的大蓝鸟就起劲地挺起胸脯用优美的身姿诱惑阿诺克斯的妻子，那只独自待在鸽笼里的小雌鸽。丈夫不在身边，小雌鸽经不起诱惑，竟然迷恋上了拥有漂亮外表的大蓝鸟，还让大蓝鸟占有了自己和阿诺克斯共有的巢穴。

　　有一天，阿诺克斯回来后，发现家里出了这样严重的事情，于是就不顾疲劳，愤怒地扑向大蓝鸟，结果受了伤。经过比利的精心看护和调养，一周后，阿诺克斯终于恢复了体力。

　　比赛那天，信鸽们被火车运到了芝加哥，然后，工作人员根据这些鸽子的能力不同而先后放飞，阿诺克斯作为最优秀的鸽子，最后一个才被放飞。

　　一被放飞，阿诺克斯一秒钟也没有耽误，径直飞到芝加哥上空，然后笔直地向纽约飞去。先放飞的几只信鸽不知不觉地就组成一队，沿着一条无形的路线向前飞。阿诺克斯本来也可以加入它们，但它还是放弃了，因为它知道一条距离纽约最短的路线，这条路线其他鸽子并不知道，走这条路，就一定会超过所有在前面飞行的信鸽。

　　天色渐黑时，阿诺克斯已经飞行了十二个小时，行进了九百多千米的路程。连续长距离的飞行，使阿诺克斯感到非常口干舌燥，当经过一座城镇，看到一座鸽舍时，阿诺克斯在空中转了两圈，然后缓缓而降，随着鸽群飞进了鸽舍，打算去讨些水喝。这是常有的事情，鸽舍主人通常也乐意款待这些优秀的信鸽。

没想到阿诺克斯这一次却遇到了麻烦。

八

当阿诺克斯在鸽舍里埋下头不顾一切地喝水时，鸽舍里的一只鸽子对阿诺克斯发起了攻击。阿诺克斯本能地展开翅膀，打算用侧翼还击时，站在一旁的鸽舍主人恰好看见了阿诺克斯翅膀上印着的那一长排飞行纪录。

"咦，这鸽子看起来很眼生呀。"鸽舍主人把鸽舍门一关，阿诺克斯被困在了鸽舍里。几分钟后，鸽舍主人就逮住了阿诺克斯，这个鸽子迷拉开阿诺克斯的翅膀看了它所有的飞行纪录，又看到它银质脚环上面写着：阿诺克斯，2590C。

"阿诺克斯，原来是你，你可是一只神奇的信鸽呢！你能飞到我的鸽舍里来，我真是太幸运了。"鸽舍主人自言自语地说。

接着，他又取下阿诺克斯尾翼下的信读了起来：凌晨四点，芝加哥放飞，前往纽约，障碍飞行赛。

"九百多千米，十二个小时，这恐怕又是一项新纪录了吧！"此人感叹道，于是，他开始打起了自己的算盘。

他打算让阿诺克斯为自己的鸽子配种。这显然很不妥当，可这个自私的鸽子迷现在什么都不管了，一心只想着能够拥有优秀的信鸽。

这样，阿诺克斯就被关进了一间宽敞舒适的鸽舍中，一关就是三个月。另外还有几只被捉来的鸽子也被关了起来。

虽然鸽舍主人努力给阿诺克斯提供安全舒适的生活，但是阿诺克斯并不领情，它每天都在鸽舍的铁丝网前扑腾着翅膀走来走去，不断地寻找出口，希望能赶紧离开这个不属于自己的鸽舍。

可到了第四个月，阿诺克斯似乎放弃了离开的念头。

这一切被鸽舍主人看在了眼里，于是，他就把一只年轻老实的雌鸽放进了阿诺克斯单独的鸽舍里，他想让阿诺克斯给他繁育出优秀的小信鸽来，但一点儿用都没有，阿诺克斯对新进入鸽舍的这只雌鸽非但没有反应，相反还一点儿也不客气。见自己的计划没有奏效，鸽舍主人只好取走了那只雌鸽，之后的一个月就留下阿诺克斯孤孤单单地待在鸽舍里。

后来，鸽舍主人又换了一只雌鸽放进了阿诺克斯的鸽舍，但结果还是一样。在这一年中，鸽舍主人不断地给阿诺克斯鸽舍里放入各种类型的漂亮的雌鸽，可阿诺克斯不是粗暴地拒绝，就是干脆不理不睬。

有时，它会被回家的渴望所驱使，不停地在铁丝网上拼命地冲撞。

到了换羽毛的时候，鸽舍主人便将阿诺克斯换下来的羽毛收集起来，然后把那些光荣的纪录写在了新长出的羽毛上。

就这样，两年过去了，鸽舍主人又将阿诺克斯放进了一个新的鸽舍，并且又给它选配了一只新的雌鸽。这只雌鸽和阿诺克斯在纽约老家的妻子长得非常相像，所以阿诺克斯一下子就被这只雌鸽子给迷住了。这个鸽舍主人看到这两只鸽子如此亲近，而雌鸽子也开始筑巢了，主人以为阿诺克斯既然有了心上人，肯定就断了回家的念头了，于是便破天荒地打开了鸽舍的小门。

阿诺克斯终于获得了自由！

九

当鸽舍门一打开，阿诺克斯便像箭一般飞了出去。在这个鸽舍里两年来的生活丝毫没有减弱它对家的思念。在万里无云的蓝天上，阿诺克斯转着巨大的圆圈不断地向上飞着。它翅膀上的白色羽毛在阳光下发出耀眼的光辉。如果阿诺克斯会唱歌的话，此时它一定会引吭高歌，歌声里定然充满了重获自由的快乐和兴奋。

它的翅膀被风吹着发出了沙沙声，已融进蓝天中的阿诺克斯正以火箭般的速度朝着东南方向它的家乡飞去。那个自私透顶的鸽舍主人看着早已飞远的阿诺克斯，这才明白信鸽对自由和家的渴望是无论如何都不可能被限制住的。

在阿诺克斯前方很远的山谷里驶出了一列火车，火车冒着蒸气在铁轨上飞驰着。阿诺克斯很快就追上并超过了那列火车。它在山谷的上空高高地飞翔着，飞过了身下一座座山峦，掠过了风中如波涛般汹涌的松涛。就这样，阿诺克斯忘情地向自己魂牵梦萦的故乡飞去。

一只鹰在高高的橡树林中盘旋着，它已经注意到了这个空中出现的猎物。不知道阿诺克斯发现了这只鹰没有，反正它是一点儿都没有改变飞行的方向，它既没有提升或降低自己的飞行高度，也没有减慢一点儿飞行的速度，更没有片刻停止扇动翅膀。鹰在山谷中埋伏起来，等待阿诺克斯从它身边经过。当阿诺克斯飞快地从鹰的面前飞过时，鹰还没有来得及做出反应，阿诺克斯就已经远远地飞离了鹰的视野。

阿诺克斯全身心地向家乡飞去，速度像箭一样快，没有丝毫减缓的迹象，身下的道路和景致也似乎渐渐熟悉起来。一个小时后，卡茨基尔山脉已经近在眼前了，越过这个山脉，就快到家了。就像口干舌燥的行人看见前方出现绿洲一样，阿诺克斯那钻石般明亮的眼睛里似乎也已看到了纽约上空的炊烟。

这时，卡茨基尔山脉的悬崖上一只游隼突然飞了起来。游隼是鸟类中飞行速度最快的，猎物很难从它那里跑掉，可以说，游隼是一个可怕的空中杀手。而此时，它盯上了阿诺克斯。

当阿诺克斯飞到游隼面前时，游隼一下子扑了过来，可它锋利的爪子还没接触到这只猎物，猎物已从它爪下一闪而过了。阿诺克斯只不过是以加快速度来应对危险。当利爪出现时，阿诺克斯早已像火箭般冲了过去。

之后，它的面前出现了一个熟悉的水面，接着又出现了一小块陆地。这是多么熟悉的地方啊！尽管它已经有两年没有飞过了，但阿诺克斯对这里的地形简直是再熟悉不过了。

它顺着哈得逊河谷向下飞着，正午的微风从北边吹来，河面上漾起一层层的波纹。快要到家了，阿诺克斯降低了飞行的高度。

没想到，真正的危险出现了。

虽然是六月，却有一个枪手在山谷里四处徘徊，寻找猎物。这个枪手很快就看见了在空中飞行的阿诺克斯。高空的风突然加大了，阿诺克斯又降低了一些飞行的高度。这时，那个枪手已经高高地举起枪来，瞄准了飞过来的阿诺克斯。

"砰"的一声枪响，火光一闪，致命的枪弹射向了阿诺克斯的身体，阿诺克斯身上的羽毛纷纷飘落下来，连书写着辉煌纪录的羽毛也被打落了几根。

枪弹巨大的冲击力并没有将阿诺克斯从空中打落下来，它的翅膀上被打出了一个洞，但它仍然飞翔着。阿诺克斯那次在海上穿过迷雾飞行救助海轮，创下了73千米每小时的纪录，现在，这两个数字中间被打了一个洞，变成了7.3千米每小时。中弹虽然没有要了阿诺克斯的命，但却使它振动翅膀的前胸肌肉中嵌入了一些铁砂，这大大影响到它的飞行速度。

虽然被子弹打出洞的翅膀漏着风，发出让人极不舒服的声音，翅膀的力量一下子减弱了许多，可阿诺克斯依然忍着疼痛尽力飞翔着。

泽西岛的悬崖上常年栖居着一只游隼，现在，这只游隼盯上了受了伤的阿诺克斯。许多信鸽在这里都命丧在了这只游隼的巢穴里。阿诺克斯对此非常清楚，以前它总能避开游隼的攻击，但这一次，阿诺克斯受了伤，力量慢慢地消失，飞行的速度已不足以躲避这只游隼了。

但为了回家，阿诺克斯没有躲避，还是像以前一样冲着悬崖飞了过去。

悬崖拐角处，有两只游隼迅速地飞了出来，以闪电般的速度猛然扑向了阿诺克斯，锋利的爪子立刻嵌进了阿诺克斯的肉体。两只游隼将阿诺克斯带回了它们的巢穴，阿诺克斯的身体很快就被撕碎了，曾经创造过无数次飞行纪录的翅膀也被撕成了两半，记录着辉煌历史的羽毛四处飘散，凌乱地落在了这两只游隼的巢穴中。

这两年来，谁也不知道阿诺克斯去了哪里。直到有一天，猎人打死了那两只游隼，并爬上悬崖找到了它们的巢穴，这才发现了许多信鸽的脚环和一些写着纪录的信鸽羽毛。其中有一个银质的脚环，上面写着：阿诺克斯，2590C。

松鼠银尾巴

一

有一个松鼠妈妈，它浑身都是灰色的，它和它的三个孩子住在森林边的一个树洞里。这棵树长得非常高大。松鼠妈妈把它的洞做得非常大。不过，这个洞里只住着它和三个孩子，松鼠爸爸呢？也许早就被猎人给打死了。

有一天，松鼠妈妈不知道有什么急事，径直爬到了自己家洞穴所在的那棵大树上。据说，松鼠家族返回自己的洞穴时，都不会直接爬回自己家所在的大树，而是先爬到附近别的树上，然后再跳跃几下，这才回到自己的家里。松鼠妈妈没按过去的老习惯走，所以就被住在附近的一个男孩儿看见了。

这个男孩儿是附近一个农夫家的孩子。见松鼠妈妈爬回了自己的树洞，他便在这棵大树下等着。当松鼠妈妈叼着自己的一个孩子从树洞里跳出来时，就被这个男孩儿用早已准备好的弹弓击中了，从高处掉了下来。

男孩儿认为树洞里还有松鼠的幼崽，于是就爬到树上，把手伸进了松鼠窝。果然从里面掏出了另外两只小灰松鼠。男孩儿兴高采烈地回到了地面。可等他打开衣兜一看，其中一只已经被他压扁了，只剩下了一只活的。

男孩儿心里非常懊恼，他根本就没想过要弄死松鼠一家，没想到却酿成了悲剧。

于是，他带着这只唯一存活下来的松鼠，闷闷不乐地回到了家。在此之前，他家的猫生了一窝小猫，可其他的小猫都死掉了，只剩下了一只小猫。听猫的叫声，男孩儿马上想起了猫平时捕捉老鼠和松鼠的情景。带着这只仅存的小松鼠回家后，男孩才想到自己根本就不知道该如何喂养，再说，即使养活了，也难保不被那只母猫给吃掉，所以，他索性就把这只小松鼠送给母猫当食物了。

母猫睁开眼睛，闻了闻眼前这个"礼物"，用嘴舔了舔小松鼠的身体，然后就把小松鼠叼了起来，放到自己的肚子底下。

小男孩还以为小松鼠已经被母猫给吃掉了呢，可当他再打开房门时，居然发现，那只小松鼠正在和小猫一起吃母猫的奶呢！

小松鼠就这样和小猫生活在了一起，但小松鼠却比小猫长得大多了，平日里它也比小猫更活泼一些，没事儿总爱爬上爬下的，高兴时还会爬到母猫后背上玩一会儿。它玩起来也特别有趣。它先是爬到母猫的后背上，然后再跳到母猫竖起的尾巴尖上，就像滑滑梯一样直接滑下来。要知道，松鼠毕竟是爬树的高手，每当看到像树一样直立的东西，就会爬上去。

小松鼠同母猫玩这样的游戏，母猫却并不生气，它任由小松鼠这样爬上爬下的。但它的小猫就不会这样玩了，因此，相对来说显得文静了很多。

在母猫的养育下，这只小松鼠就在不同于其他松鼠的环境里渐渐地长大了。它和小猫一起生活，和小猫一样用盆吃东西，这样一来，它从小就吃到了其他松鼠怎么都不会吃到的东西。小松鼠非常贪吃，而且，农夫家里还有很多好吃的东西，比如玉米、水果甚至鸡饲料等。所以它长得可比其他野生松鼠要强壮得多，身上的毛也比其他野生松鼠亮很多。

除了农夫一家，附近的人们也非常喜欢这只小松鼠。等松鼠再长大了些，人们发现，它的尾巴尖上长着一小撮带着银光的毛，十分漂亮，所以，大家便都管它叫松鼠银尾巴了。

由于松鼠银尾巴从出生后就基本上生活在这里，所以，到现在为止，它还没见过自己的同类呢。它一直把喂养它长大的母猫当作自己的妈妈。而母猫呢，自从它那只唯一剩下来的小猫被主人送了人之后，它便把银尾巴当作自己的孩子了。

二

秋天到了。一天晚上，农夫家发生了一件可怕的事，他们家的仓房不知什么原因着火了。先是附近的柴火，然后是木头，先是冒出了浓烟，接着火势渐旺，一下子蔓延开来，所有东西都被烧得"噼噼啪啪"作响。

银尾巴以前见过附近村民烧饭时烟囱里冒出来的黑烟，所以，一开始，它并没有害怕。可是，随着浓烟越来越大，它看到家里的人们都惊慌失措地从房子里跑了出去，而且院子里的其他动物也都争先恐后地逃命，这才意识到问题的严重性，于是，它也跟着大家伙一起逃了出去。

这是一场严重的火灾，第二天，人们发现，农夫家的房子已经化为了灰烬，院子里到处是被烧焦的物品。这家的住户都被烧死了，那只养育了银尾巴的母猫也被烧得不成样子了。它大概还没有来得及逃跑就被烧死了。

现在，只有银尾巴存活下来，整个院子里死气沉沉，再也没有一点儿生气了。银尾巴找不到昔日的主人和母猫，所以不得不离开这里，以后的日子，都要靠它自己来面对了。

银尾巴从小就没有接受过作为松鼠应该接受的训练，更没有见过自己的同类，跟它接触最多的就是那只母猫，其次是那只小猫。

但它却有着天生的本领，也就是祖先遗传下来的智慧。即使它没见同类怎么运用自己的优势，它也知道自己接下来怎么做。

实际上，银尾巴依然眷恋着以前特别熟悉的仓房，特别想念那些可口的食物。正值秋天，好吃的还真不少，可那里已经变成了废墟，于是，它便经常跑到邻居家的院子里，偷吃邻居家的玉米、水果或者是谷物。虽然这里有吃有喝的，但本能却提醒它，应该到那片广袤的树林里去，找那些高高耸立着的大树安家。

现在的银尾巴已经长得非常高大了，它光顾农家的次数也变得越来越少了。渐渐地，它开始迷恋上了森林，以后就在森林里长期定居了下来，对银尾巴来说，森林里的好吃的也越来越多了，因为树上的果实远比农家的食物要鲜美许多。

　　银尾巴回到森林后，没有任何的生活经验，没有谁教它哪些果实能吃、哪些果实不能吃，也没有谁告诉它哪种果子味道鲜美、哪种却苦得要命……但它好像天生就知道该怎么吃，或者该找什么来吃，这大概就是那种与生俱来的本能在起作用吧，又或者是大自然母亲告诉它的。

　　银尾巴的鼻子极为灵敏。有一次，它在一棵大树树皮脱落的地方发现了一条虫子。那条虫子刚从里面露出头来，就被银尾巴给按住了。本能告诉它，这条白白嫩嫩的家伙一定很鲜美可口。当它吃到嘴里时，果然觉得味道好极了；而有些虫子从树皮里面爬出来时，一闻那味道，银尾巴就会马上跑开。它嗅觉可灵敏了，怎么会碰那种又臭又黑的家伙呢！那条又黑又长的虫子爬出来后，身上散发着讨厌的气味，它就那样慢慢悠悠地爬着，直到爬了很远，银尾巴都没有动过它一下。这样一来，银尾巴就知道了哪些虫子可以吃，而哪些虫子连碰都不应该碰。

　　秋天的树上结满了很多籽粒，银尾巴学会了采摘，每天它都会吃得饱饱的。这个森林里还生活着一些其他的松鼠，它们的毛有的是红色的，有的则带着条纹。除了它们跟银尾巴吃的东西一样外，再没有其他动物跟它们抢吃的了。所以，银尾巴生活得非常悠然自得。它越来越习惯了森林里的生活。在此期间里，银尾巴又壮实了不少。

三

　　银尾巴逐渐淡忘了关于农家的一切，包括养育过它的那只母猫。现在，它的尾巴长得非常蓬松，就像大羽毛一样拖在它身后。微风吹过，它的尾巴就会随风摇摆。

　　银尾巴对自己这根长长的大尾巴非常满意，也非常珍视。它身上要是有些部位被什么东西给弄脏了，它倒不怎么在乎；但如果尾巴上有一点点脏，它就受不了了；要是尾巴脏得毛都黏在了一起，它就会朝脏的地方吐点儿口水，然后便极其细心地用前爪梳理，每隔两三分钟再摇动一下。整理尾巴时，它就会把其他事情都暂时放下。

即使饿着肚子，它也要先把尾巴梳理好。

对松鼠银尾巴来说，它的尾巴不光好看，还起着非常重要的作用，那就是可以充当降落伞。每当松鼠从树顶上跳到地面上时，或者从一根树枝跳往另外一棵树上时，它的尾巴就可以起到平衡和缓冲的作用，这样它才不至于受伤。对所有的松鼠来说，尾巴可是一个必不可少的重要器官。

银尾巴所在的森林里生活着三种松鼠——除了像它一样的灰松鼠外，还有红松鼠和条纹松鼠。

转眼十月份就到了，现在可是松鼠们采摘果实的最好时节。三种松鼠都忙着采摘过冬的食物，但它们所采取的方法却各有不同。

条纹松鼠会不停地往嘴巴里塞果实，它的腮帮子两侧非常宽松，就像一个布袋子一样，它会把多余的树籽塞进这个"腮袋"里，直到塞满了，然后便跑回自家地下的洞穴里，把食物再"倒"出来；红松鼠一整天都只在一棵树上采摘，它一点儿也不怕麻烦，等采摘了一小堆儿后，再把这些树籽一股脑全都搬运回自己的洞穴，虽然它的洞穴可能距离它采摘的那棵树很远。

　　灰松鼠的采摘方式和那两种松鼠完全不同。它们先是一次吃个饱，然后便顺势在附近的地底下刨一个十厘米深的坑，埋上一颗树籽。

　　每种松鼠都有自己独特的食物收藏方式，这是它们的祖先摸索出来的方法，一代一代传给了它们。

　　由于银尾巴从小是在母猫身边长大的，没有同类教过它，所以它并没有学会正确的采摘方式。但它似乎知道该把树籽搬运到什么地方，这也许是出于本能吧。

　　银尾巴看上去跟其他松鼠一样忙。它也在来来回回地搬运食物。不过，它都是寻找掉在地上的树籽，然后就近挖个小坑，将捡到的几颗树籽都放进去，有时，为了不让其他松鼠发现，它还会用叶子把上面盖住。不过，它找的地方都是灌木丛或是草丛。偶尔看到红松鼠或条纹松鼠带着树籽跑来跑去时，它就会十分纳闷，不知道对方到底在忙什么，然后便对自己发明的储存方式心虚不已。

　　当年，银尾巴基本上没有采集到什么树籽。

　　后来，它在一棵非常高大的树上发现了一个宽敞的树洞。刚开始的时候，银尾巴对这个树洞并不是很满意，因为这个洞里实在是太乱了，经过常年的雨水侵蚀，洞里面又潮又脏。后来，银尾巴动了一些心思，花了一些力气，用牙啃、用爪子抓，终于把里面收拾得干干净净，还特别宽敞，它才满意地舒了口气。晚上，银尾巴便钻到这个洞里，它蜷起身体，把尾巴盖在身上，然后便舒舒服服地睡起觉来，一直睡到了第二天早上。

四

秋末冬初，一年中白昼最短的时期到了。这时，松鼠银尾巴已经长成了一只漂亮的公松鼠。它一睡醒，就会迎着初升的太阳"咕咕咕"地叫起来。天气已经非常冷了，别的小鸟都冻得没心思唱歌了，但松鼠银尾巴依然精力十足。它已经适应了森林里的生活，没有理由不歌唱。

这种快乐的叫声多多少少带有一定的感染力。那些小鸟本来已经萎靡不振了，但听到银尾巴的叫声后，它们也跟着"叽叽喳喳"地叫了起来，不光它们，就连平日里沉默寡言的乌鸦也都"呱呱呱"地唱起歌来。

　　太阳升起来了。松鼠银尾巴还在"咕咕咕"地叫着，并且不时地晃动着它那引以为豪的大尾巴。它的叫声非常大，隔老远的地方都听得到。

　　就在这时，森林里另外一个地方也传来了同样的叫声——"咕、咕、咕……"银尾巴吓了一跳，它以前还从来没听到过这样美妙的叫声呢。这叫声是在应和自己吗？它又静静地仔细听了听。没错，正是自己的同类，它肯定也是一只灰松鼠，它的叫声听起来多么温柔多么美妙啊！

　　可是，那声音离它实在太远了。它现在根本来不及跑过去跟对方交朋友，因为它现在还饿着肚子呢，必须赶紧出去找东西吃。

　　本来，像银尾巴这样的灰松鼠附近就很少，银尾巴从来都没见过它们，所以，对刚才的叫声它听过就忘了。以前它也恍惚间听到过一次刚才那只灰松鼠的叫声，不过一直都没有在意。

　　别看银尾巴来这个森林的时间并不长，它却知道给自己营造很多个房子，数一数都有五个了。吃饱了没事干时，它就会从这个窝跑到那个窝随便逛逛。

有一天，当它从这个窝去往另一个窝途中，经过了一片空地。见空地上有一个小土包，它便跳了上去。可当它准备再跳下来时，却闻到了一股非常好闻的味道。它使劲地用鼻子嗅了嗅。好像是橡子的味道。于是它便蹲在地上挖了起来。挖着挖着，从一片树叶底下果然挖出来一个橡子。它迫不及待地扒开了橡子的皮儿。也许是潮湿的缘故，橡子里面长了一条又白又肥的虫子，于是，银尾巴便把橡子连同那只虫子全都放进了嘴里。接着，它又在附近找到了一个芋头。不用说，那个芋头也变成了它的美食。

就在它吃得津津有味之时，远处突然传来一个非常奇怪的声音，不停地"汪汪汪"地叫着。银尾巴马上跑到了一棵榆树上，在树枝间躲藏了起来。它"呼哧呼哧"地直喘气，紧张得不得了。定睛一看，原来是一只狗，看来它是闻到松鼠的味道才跑过来的。

很快，那只狗就发现了这只灰松鼠，于是便不停地冲着这棵榆树顶上一个劲儿吼叫，同时等着主人过来。可是，就在这只狗在树底下吼叫时，银尾巴已经悄悄地跳到了别的榆树上，还吃了一些榆树的嫩叶。吃饱之后，它便放心大胆地躺下来，准备睡个午觉。临睡之前，它还不忘嘲讽地看了一眼那只还在刚才那棵树下吼叫着的狗，就着温暖的阳光和狗的吠叫声，银尾巴舒舒服服地睡了起来。

那只可怜的狗，见自己干叫唤也没有什么收获，于是便很没面子地走开了。

银尾巴见那只讨厌的狗已经走远了，便从它休息的树床上站起来，沿着树枝滑了下来，蹦蹦跳跳地朝着自己家的方向跑去。

再说那只狗，刚才狂叫了那么一阵后，主人也没有过来，但它却心有不甘，自己刚才明明闻到了松鼠的气味嘛！它回到主人身边后，又闻到了刚才那熟悉的味道。于是，它又一次"汪汪"地大叫起来，提醒主人它发现了猎物。接着，它便向正在回家的这只松鼠这边跑来，它的主人也尾随其后。

银尾巴很快就感觉到有一个敌人正在向自己走来，原来是刚才那只狗，于是，它选择了离自己最近的一棵树，迅速地爬了上去。银尾巴对这棵树非常熟悉，上面也有它的树床，那个树床是它以前在这棵树上休息时搭建的。它并不常来这里，不过，这回可真是派上了用场！它爬上去后，平躺下来，这样，在下面站着的人或动物就看不见它了，而它却可以俯下头去看下面。

那只狗兴奋地朝这棵树下跑来，一边跑，一边"汪汪汪"地吠叫着。它是在告诉主人，松鼠就在这边。

过了一会儿，它的主人也走了过来。到了树下后，他便仰起头，一动不动地盯着树上看，看得脖子都酸了，却什么也没看到。不过，他好像感觉到树顶上应该有猎物的，于是便端起枪来，朝树上随便开了一枪，他以为这么一吓肯定会把猎物给吓出来的。可树上还是什么动静也没有。

原来，银尾巴此刻正舒舒服服地躺在树床上，而且还有了些困意，它任由那只蠢狗在下面狂吠。正当它快要进入梦乡时，冷不丁地听到"砰"的一声，它吓坏了，刚想跳起来，可就像有谁在它耳边警告一样，告诉它这时不能动弹，也不能弄出一点儿声响来，否则就完蛋了！于是，它仍旧稳稳地躺在树床上，一直都没有动一下。

猎人见上面什么都没有，便带着猎狗朝别的方向走了。

没想到这个无意间搭建的树床竟救了银尾巴一命。

五

第二天，天上下起雪来，但银尾巴躲在树洞里，根本感觉不到白天与黑夜的区别。天渐渐地变短了，外面灰蒙蒙一片。这些都与银尾巴无关，它只管舒舒服服地睡在自己的小窝里，随着冬天的到来，它睡得也越来越沉。这是松鼠们的一种生理现象，在冬天里，它们会长时间地睡觉，以保持充足的体力。

雪连续下了两天，整个天地之间都变成了白茫茫的一片。雪停后，又刮起了大风。树枝上覆盖着的积雪都被风给吹下来了。这样一来，银尾巴又可以出去了。要不然，有积雪的时候，树枝上就会很滑，弄不好就会摔下来。这下好了，它们有了出去的通道，可以在没雪的树枝上随心所欲地蹦跳了。

第三天，银尾巴照样又睡了一天。等到了第四天，它才睁开了眼睛。呵，外面到处是一片银白，跟以前大不相同了。

银尾巴以前那种精神头儿不知道都跑哪儿去了，以前它一见太阳升起来就会大声地歌唱，可现在它却打不起一点儿精神来。它只想睡觉。如果不是因为肚子有点儿饿，它才懒得起来呢。

于是，它走出了自己的小窝，爬到树枝上。幸亏大风把雪给吹走了，要不然它就得在树洞里饿肚子了。银尾巴在树枝间荡来荡去的，不一会儿工夫就蹦出了一段距离。忽然，它发现了一块空地，于是，它就像坐滑梯一般从树上滑了下来，来到了地面上。

它想经过空地，到前面不远处的榛子林去找榛子吃。而榛子林里的榛子早就被其他的松鼠给采光了，如果秋天不做好充足的储备，那么冬天想要找到吃的东西实际上是很困难的。银尾巴并没有奢望能在树上找到，它只是把希望寄托在了地面上，想看看地面上有没有不小心遗落的榛子。银尾巴在雪地上蹦蹦跳跳地向前面跑去。地上覆盖着厚厚的积雪，它在上面蹦跳时，雪地上马上就留下了一片清晰的脚印。

　　银尾巴像狗一般嗅着地面。它就这样边蹦边嗅着，冷不防在某个地方停了下来。接着，它便用爪子扒起雪来。由于几天前的雪下得太大了，足有厚厚的一层，比银尾巴站立起来时的个头还要高，所以，它的身体很快就被雪淹没了。

　　除了要对付上面这层厚厚的积雪，银尾巴还得刨开地上那层已经冻硬了的泥土。银尾巴挖土非常快，它有着自己的方式——手脚并用，先用两个前爪刨开土，接着再把土扒到后面，后腿顺势将土蹬散开。洞的两侧都是被它扒开的树叶、枯草和黑黝黝的泥土，还能看到它银色的尾巴尖儿一动一动的。

　　泥土逐渐在增多，洞也越挖越深了。过了一会儿，银尾巴便闻到了地下埋着的食物的清香。它挖啊挖啊，终于，从地底下挖出了一个又圆又大的山核桃。银尾巴为什么知道那么深的土层里还埋着这么好吃的山核桃呢？它的嗅觉真的就那么灵敏吗？实际上，这个山核桃是它在秋天时给自己准备的，它只不过记得大概的位置，又闻着了味道，于是很自然地就找到了这里。

　　现在，它叼着山核桃从坑里跳了出来，马上爬到了附近的一棵大树上，美美地吃了起来。

　　几天后，银尾巴又饿了，于是，它跟往常一样，又开始寻找秋天时埋藏的树籽了。可是，就在它辛苦地往外面扒土时，忽然感觉到上面有一双眼睛在盯着它看。它赶紧抬起头，这一看不禁吓了一跳，只见附近正蹲伏着一个家伙，它长着一双通红的眼睛，一看就不是好惹的，于是，银尾巴赶紧放下扒了一半的坑穴，跳到了地面上，紧接着又迅速爬上了树。

　　这个红眼睛的家伙是黄鼠狼。它的个头比银尾巴要矮小，但性情却非常凶狠，长得也十分可怕。见银尾巴跑到了树上，它也敏捷地上了树。为了躲避它，银尾巴又跳跃到了另外一棵树上，黄鼠狼也紧随其后跃到了那棵树上。银尾巴是爬树高手，可黄鼠狼爬树的本领一点儿也不比它差。它们俩就这样你追我赶，在树枝上荡来荡去。银尾巴一心想躲避，可黄鼠狼却把它当成了可口的食物，一门心思地追赶不停。见自己实在躲不开这个讨厌的家伙了，银尾巴便使出了最后的绝招——它跳到了一根快要折断了的树枝上，借着枝条的弹力把自己迅速地悠荡到了另外一棵大树上，紧接着，那根岌岌可危的树枝就折断了，掉在了地上，这样一来，黄鼠狼就不能很快追上了。现在，黄鼠狼所在的树距离银尾巴太远了，它眼睁睁地看着银尾巴逃离了自己的掌控，可是又不甘心。眼前那一大段距离，根本就没有可以跳跃过去的支撑点，黄鼠狼几次都想冒险跳过去，可试探了几次，都觉得没把握，于是它便开始想其他的办法，但还是不行。看来只好算了吧，它可不想拿自己的小命冒险。

黄鼠狼又眨着红眼睛想了一会儿，很快就想到了一个主意。

只见它迅速地从自己所待的树上跳了下去，然后跑到了银尾巴所在的树下面，随即又迅速地爬了上去。银尾巴当然看见它了，于是马上跑到树顶上，借助树枝的弹力向旁边的一棵高树跳去，黄鼠狼紧随其后，也跳到了那棵树上；银尾巴又纵身跳向了更远的一棵树，黄鼠狼也跟着跳了过去，于是银尾巴只好再跳到第三棵树上，现在，它们不知在这些树上来来回回地兜了多少个圈子。

老这样地跳来跳去总不是个办法，如果碰到的是其他动物，那么猎食者眼看追不到猎物就会选择放弃。可偏偏碰到的这只黄鼠狼却是如此地执着。它大概天生就这么执着吧，还有一种可能就是它这些天实在是饿坏了，好不容易发现了一个可口的美味，怎么会轻易就放弃呢？可没想到，黄鼠狼碰到的对手却是一个爬树高手，所以它追了半天竟然没能碰到对方的一根毫毛。它变得越来越没有耐性了。等它再爬上了一棵树后，就气急败坏地朝银尾巴猛扑了过去，可银尾巴一开始竟然没有动。等黄鼠狼快要扑过来时，它猛地一下子跳开，朝很远的一棵大树上跳了过去。

　　这次黄鼠狼无疑又扑了个空。不光这样，由于双脚站立不稳，它从高高的大树上掉了下去。那棵树足有三层楼那么高，黄鼠狼掉下去的地方，并不是松软的积雪，否则还可以缓冲一下，倒霉的是它竟然掉在了硬邦邦的圆木墩上。这下它可摔坏了，没抓到银尾巴不说，一连好几天都没有力气去追别的动物了。过了好长时间，这只黄鼠狼才能站起来，它那双红眼睛看上去更红了。

　　银尾巴呢，继续寻找树籽吃，当它把树籽挖出来后，重新返回自己的窝里，饱餐一顿后，又接着美美地睡了起来。

六

银尾巴睡了好长时间。转眼到了二月份。这个季节是动物们最最饥饿的时期，储藏的粮食基本上都快吃光了，很多动物不得不跑到森林里再次找食吃。

银尾巴也是在这个时候出来寻找它以前埋藏的树籽。就在它埋着头认真地嗅着地面时，听到一阵"咕咕咕"的叫声。它抬头往上一看，就见附近树上蹲着一只红松鼠，正在生气地冲着自己吼叫呢。银尾巴见了，压根儿就没搭理它，继续低头寻找食物。可那只红松鼠竟然认定了银尾巴是怕了它，继续向银尾巴发出挑衅，吼叫个不停。要真打起来的话，红松鼠定然不是银尾巴的对手。可银尾巴根本就不想跟它打架。因为整个森林都是红松鼠的地盘，而灰松鼠本来就少，何况它现在只是想找一些吃的东西，所以它才懒得理眼前这只蛮不讲理的松鼠呢。那只红松鼠见银尾巴躲开了自己，以为它被自己给吓住了，所以就没再继续吼叫，而是挺着胸脯，得意扬扬地走开了。

二月末已是初春了，外面的温度又渐渐地升高了，太阳重新变得温暖起来。银尾巴好像一下子恢复了精神头儿，浑身上下都充满了活力。

这时，看到久违了的充满阳光的森林，迎着和煦的春风，银尾巴忍不住放声歌唱起来：

"咕咕咕——咕咕咕——咕咕——"

这时，它突然有了一股冲动，特想找个情人发泄一下。整个冬天它都没有过这样的念头，那时它光顾睡觉了，可现在，它却有了这样的冲动。这种愿望越来越强烈，它的歌声也就越来越响亮了。

"咕咕咕——咕咕咕——咕咕——"

它就这样不知疲倦地反复歌唱着，歌声带着它那青春的气息，传到了森林的深处。就在这时，银尾巴听到远处传来应和的歌声："咕咕——咕咕咕——咕咕——"

银尾巴兴奋极了——终于有同伴来应和它的歌声了！仔细一听，这声音非常耳熟，对了，去年秋天，它唱歌的时候对方也是这么应和的，而且那歌声听起来特别温柔。可那时它并不想找伴侣，所以就没怎么放在心上。这次，它可真认真了。它多么渴望马上就能见到对方啊！

于是，它不再休息，马上竖起耳朵来，想确认一下那个温柔的声音出自哪个位置。这时，它又听到了另外一只灰松鼠的叫声："咕咕咕咕——"这种叫声非常急切，跟刚才那个温柔悦耳的叫声可不一样。原来是另外一只公灰松鼠的叫声，它在向唱歌的那只母灰松鼠示爱呢。

这还了得！真是岂有此理！银尾巴生气了，自己梦寐以求的伴侣，怎么也不能让那个家伙抢走了！于是，它一下子从树上跳到了地面上，仔细地辨别着声音的来源，然后穿过森林，朝着它情敌所在的山丘冲去。追了半天，当它停下脚步，站在原地辨别声音出自哪个方向时，再次听到了那个温柔的叫声："咕咕——咕咕咕——咕咕——"

银尾巴对这个声音太熟悉了，它认为发出这种叫声的灰松鼠就是它一直要寻找的伴侣。于是，它便爬到了附近的一棵树上。定睛一看，就见旁边的树枝上站着一只灰松鼠。它也长着和自己一样的银色尾巴，那尾巴还在晃动着呢。眼前这只母的灰松鼠看起来太漂亮了，银尾巴一阵冲动，马上便向对方靠了过去。可就在这时，一只公的灰松鼠从天而降，落在它的旁边，等它停稳后，银尾巴发现，这家伙的块头可比自己大多了。

这个大块头生气地叫着："咕咕咕咕——不许轻举妄动，它可是我先看上的！"

银尾巴还没等它叫完，就向它猛扑过去。双方为了爱情、为了能够得到那只母松鼠而战在了一处。两只灰松鼠一个扑，一个抓，用尽了全身的力量和智慧，打了个难分难解，不分胜负。打到最激烈的时候，它们两个不由自主都从树上摔落了下来，掉下的时候它们还都缠在一起，可落到了树中间的时候，它们就同时松开了对方，各自展开了毛茸茸的大尾巴，跟举着一个降落伞般一前一后落到了地面上。

下来后，它们都停下来歇了歇。可是，当它们仰头望见树上的那只母松鼠后，又不由分说地快速爬到树上，很快又打成一团。

打着打着，它们再次掉下树来。幸运的是，银尾巴再次平稳地落到了地面上；而那个大块头有点儿倒霉，它一下子落到了水里，搞得浑身湿漉漉的，身上的毛变成了一绺一绺的，尾巴也不像刚才那样蓬松了，简直就是一个十足的"落汤松鼠"，要多难看有多难看。此时的大块头首先得晾干自己身上的毛，同时还要梳理一下自己的尾巴，于是，它无心恋战，灰溜溜地逃走了。

银尾巴大获全胜，赢得了最后的胜利。于是，它便兴冲冲地向自己钟情的那只母松鼠跑去。

可那只母松鼠好像对它并不感兴趣，它见银尾巴向自己跑来，马上转身就跑。见银尾巴对它紧追不舍，母松鼠顿时勃然大怒，它立刻回过头来，朝着银尾巴使劲地吼叫，这个声音听起来可一点儿都不温柔。但银尾巴却并不在乎，它表现出了少有的温顺，小心翼翼地跟在母松鼠身后，始终保持着一段距离。

实际上，母松鼠并不是真的生气，当看到银尾巴对自己十分尊重、并不放肆时，它不再讨厌它了。于是，母松鼠总算是接受了银尾巴，它们两个便走到了一起，开始一起在树上玩耍，又一起下到地面找吃的东西。

七

就这样，银尾巴跟母松鼠待了一整天。到了晚上，它便回到了自己的小窝里。

第二天，它又找这只母松鼠约会去了。接下来的好几天，母松鼠都会待在原地等它，银尾巴也都会按时赴约。就这样，两只松鼠彼此间都充满了好感，它们的关系越处越融洽，到最后，谁都离不开谁了，这时，结婚便水到渠成了。

两只松鼠完婚后，便一起到森林里建筑它们的新房去了。

三月份到了，大地回春、万物复苏。各种动植物纷纷从睡眠中醒了过来，冰冻土地也开始融化了，没有冬天时那么硬了。树木也都不再硬邦邦的了。

刚开始，银尾巴看中了一些橡树，它自己从来没在那里面居住过，所以很想尝试尝试，不过这一想法马上遭到了妻子的反对。在这方面它当然要听从妻子的，因为它自己本来就不是一个筑巢高手，而且它出生后很长时间都没有在森林里待过，很多事情它都不懂。所以，在哪里选择爱巢就由妻子拍板定了。

银尾巴陪着母松鼠四处转悠，最后，母松鼠看中了一只啄木鸟曾住过的一个树洞。这棵树非常高大，树洞里也十分宽敞，适合将来有了孩子后居住。不过里面不是很干净，有的地方甚至都发霉了，大概这个洞被抛弃了很长时间了吧。于是，两只松鼠跑到里面，又抓又啃，把里面那些脏乱的东西都弄走了，还扩大了原有的面积。清理准备停当后，又要开始装修了。它们找来很多东西，比如松软的树皮、碎木屑还有鸟的羽毛等。终于，一个暄腾腾、暖和和的家就算建造好了。从此以后，它们就可以在里面尽情地享受生活了。等等，还有什么呢？就见这只母松鼠往窝里搬来了两粒橡子，好像是它冬天没吃完剩下的，它就把这两粒橡子藏在了洞里。

这个家实在是太温馨了。银尾巴精神头儿十足地唱起歌来："咕咕咕——咕咕——咕咕咕——"它实在是太满足了，它经历了很多酸苦，刚出生没多久就丧失了母亲和兄弟姐妹；被一只母猫喂养大，可那只猫兄弟又被送了人，它从小没有玩伴；后来，就连那只抚养它的母猫也葬身火海了。最后，它来到森林里，可刚开始，它并不知道这个森林里还有自己的同类，甚至都不知道该如何采集和储藏冬天用的树籽。但现在好了，它不光有了一个像样的家，还有了一个自己钟爱的妻子。而它的妻子不光勤快还什么都懂。如今，它真想让其他动物都知道它此刻有多么幸福。大概没有一种生物能像它一样，这般幸福地陪妻子一起布置未来的家吧！

三月份，森林里的天气经常阴晴不定，偶尔还会刮起大风，下起雪来，但对两只新婚燕尔的松鼠来说，天气恶劣一点儿又算得了什么呢？这些根本就不是它们关心的，它们现在关心的是享受目前的幸福生活。因此，不管外面的风雨有多大，它们都相亲相爱地过着日子。

到了三月末，天气更暖和了。银尾巴总想跟妻子一起到外面走走，散散步或是做做游戏，在树林中打闹一会儿都行，可不知为什么，最近妻子却对它疏远了很多。这让银尾巴多少有点儿纳闷和委屈。

以前，夫妻两个都是并排坐在树枝上一起晒太阳，可现在，母松鼠却总是跟银尾巴保持一段距离。就算银尾巴靠过去一些，它也会赶紧躲开。银尾巴不知道自己到底有什么地方得罪了妻子，实在想不明白，就又往前靠了靠，可母松鼠还是不理它，搞得银尾巴非常郁闷。

就这样，夫妻两个不远不近地僵持了一整天。到了晚上，母松鼠先返回洞穴里睡觉去了，银尾巴紧跟在它后面，也要进洞穴，可母松鼠根本就不让它回家，态度还极其恶劣：它挡在洞口，就是不让银尾巴进去，还凶巴巴地冲着它龇起了牙。看来银尾巴要是强行进去的话它的妻子就会跟它没完。

银尾巴看妻子变成了这个样子，只好停了下来，不敢往里进了。妻子为什么会这么生气呢？它百思不得其解。没办法，银尾巴只好在外面睡了一宿，这可是结婚以来第一次啊！想起以前恩爱的日子，银尾巴心中真是无比惆怅。

可它又能到哪里去呢？有了！它想起了自己以前做的小窝，那里虽然比不上现在这个家，可是却也很温暖，怎么都比睡在外面强吧！结婚以来，它第一次回到了自己单身时住的窝。

　　银尾巴这一觉睡得很不踏实。第二天天还没亮，它连早饭都没顾得上吃，就往它和母松鼠的爱巢跑去。这时，母松鼠正蹲在一棵树枝上，漫不经心地摆弄着一片树叶。隔老远它就看到了银尾巴，于是马上跑进树洞里，并且像昨天一样挡在洞口不让银尾巴进去。它依旧对自己的丈夫龇着牙，一副不依不饶的样子。

　　第三天，母松鼠还是那样。到了第四天，当银尾巴再跑回去时，却没有看到母松鼠的身影。于是，它便蹑手蹑脚地爬到树上，悄悄地蹦到了洞口，就听见洞里面传来母松鼠那均匀的呼吸声。当它想再往里进的时候，母松鼠清醒过来，马上就发现了门口的银尾巴，于是便立刻坐起身来，冲着银尾巴大吼了起来。银尾巴吓了一跳，马上从树上跳了下来。不过，它在匆忙逃走时，忍不住朝洞里看了一眼，好像看见什么东西在母松鼠的怀里蠢蠢欲动呢。

　　现在，银尾巴终于明白了——原来，母松鼠生下了小松鼠，它现在当爸爸了。这真是一件多么让人高兴的事啊！银尾巴也有自己的孩子了！

八

　　春天的阳光温暖地照耀着大地，照在身上暖洋洋的。这些天，银尾巴找到了一些好吃的东西。啄木鸟从南方飞回来后，便开始爬到树上找虫子吃了。它先是"笃笃笃"地在树上啄洞，这样一来，树上就会分泌出一种黏稠的液体，并散发出甜甜的香味儿。这时，当啄木鸟飞走后，树里那些贪嘴的虫子就会爬出来，可它们刚一接触那甜甜的美食，就被粘住了，想爬回去也不行了。被啄木鸟啄过的很多树上都粘有这种虫子。银尾巴发现后，不费吹灰之力就把这些美味弄到了手。它每天都吃得饱饱的，吃饱喝足后就在自己搭建的吊床上晒太阳。

　　这种吊床的用处可大了，可以躺在上面晒太阳，可以向下面俯视，也可以躺在上面想心事；到了夏天，还可以用来遮风挡雨。因此，银尾巴在森林里搭建了很多这样的吊床。白天没事时，它便躺在吊床上尽情地享受着日光浴。当太阳光变得有点儿强烈时，它便躲在下面的阴凉里。

银尾巴现在过着近乎单身的生活。这时，它不方便出现在母松鼠身边，于是，它就好好地享受着自己的生活。不过，它并没有忘记妻子和那些刚出世的小家伙，一有空闲，它就会跑到自己家附近看看有没有需要自己的地方。一旦出现什么状况，它就会第一时间出现。

有一天，它像往常一样在家附近玩耍，忽然，它闻到了一种陌生的气味，树叶还被拨弄得发出"沙沙"的响声。它跑过去一看，原来是那只以前对自己气势汹汹大吼大叫的红松鼠，没想到它竟然跑到自己家附近来了。看样子，它正想偷偷地溜进银尾巴它们一家的洞穴呢。这还了得！银尾巴马上大吼一声，"嗖"的一下蹿了过去。它几乎与红松鼠同时出现在了自家的洞口旁。

银尾巴的速度实在是太快了，红松鼠被吓了一跳。等它站稳身子，看清来者后，马上把心放了下来，原来是自己的手下败将啊！那次它主动挑衅时，银尾巴根本没搭理它，它就以为银尾巴是怕了它。所以它现在自信满满地认为，如果打斗起来的话，获胜的肯定是自己。

　　于是，它便开始主动出击了。它还以为银尾巴这次一定会逃走的，没想到，眼前这只灰松鼠不仅没逃，反而勇猛地向它扑了过来。两只松鼠便扭打在了一起。它们彼此用爪子挠、用牙齿咬，能想到的招数全都用上了，想方设法要置对方于死地。就像银尾巴和大块头那次打架时一样，打着打着，它们又从树上掉了下来，但刚落到半空中，两只松鼠就又相互放开了，然后各自张开降落伞一样的尾巴，平稳地降落到了地面上。到地面上以后，两只松鼠又相互撞向了对方。一场恶战再次开始了。银尾巴这回使出了浑身的解数，专打红松鼠的软肋。红松鼠终于招架不住了，而且它也自知理亏，于是败下阵来，落荒而逃了。

　　可银尾巴却是得理不饶人，在后面穷追猛打，追得红松鼠简直无路可逃，最后钻进了一个大树底下的烂洞里，银尾巴才停了下来。临走时，它还朝着红松鼠临时钻进的洞里恶狠狠地吼叫了几声，意思是在警告对方："哼，我可不是怕你！以前我不过是不想搭理你罢了。你要是胆敢再到我的地盘来，小心你的小命！"

　　红松鼠只好躲在里面乖乖地听着，已经是对方的手下败将了，还敢说什么呢？

　　这回，新仇旧恨总算都一起报了。之后，银尾巴便呼哧呼哧地返回了自己的窝前。这一次，母松鼠却让它进来了。因为银尾巴这回为了保护它们全家才这么拼命的，它可是个凯旋的英雄呢！

　　银尾巴总算与它的孩子们见了面。它们的妈妈把它们照顾得非常好，所以小家伙们一个个都长得胖乎乎的，不再是刚出生粉粉嫩嫩的样子了，它们的身上长出了毛茸茸的皮毛。为了安慰自己的丈夫，母松鼠亲自为银尾巴疗伤，并用舌头轻轻地舔着它的伤口。而银尾巴则忙着瞧它的孩子们，并用鼻子逐一地嗅着，孩子们身上散发出来的那种特有的香味实在是太好闻了，做爸爸的怎么闻都闻不够。

　　晚上，银尾巴试探性地睡在了母松鼠和孩子们旁边，这回母松鼠居然允许了，以前之所以不让银尾巴睡在自己身边大概是怕它挤到自己弱小的孩子们吧，现在，孩子们已经长大一些了，也懂得保护自己了，所以母松鼠才答应银尾巴再次回到这个家。

九

从此，银尾巴一家开始过起了幸福快乐的日子。每天，银尾巴都会出去给它的妻儿们找一些好吃的东西来。小家伙们也都盼望着爸爸能快点儿回来。这样安稳的日子过了有一段时间。

可是有一天，一件可怕的事发生了。小家伙们正在窝里玩耍，洞口忽然变暗了。

一只大鸟突然出现在了洞口，还把它那硕大的头探了进来，发出一阵可怕的大叫声，那声音非常粗哑。

小家伙们都被吓坏了，赶紧往妈妈怀里钻。当时银尾巴正好在家，于是，它不顾一切地向这只大鸟扑了过去。大鸟一看里面居然有这么厉害的一只松鼠，便马上扑扇着翅膀，迅速地飞走了。这只大鸟正是一只啄木鸟。

也许银尾巴一家的窝搭建得太好了吧，接连有一些动物看上了它们的窝。上回是那只被银尾巴打败的红松鼠，这回是啄木鸟。

日子刚平静了几天，又一件令银尾巴全家都意想不到的事情发生了。

有一天，银尾巴正在家里睡午觉，这时，不知什么东西打到了它的鼻子，痛得它"吱吱"地大叫起来。抬头一看，原来是一只画眉鸟正从它头顶飞过。画眉嘴里叼着的树籽刚好落到了银尾巴的鼻子上。原来，这只画眉鸟在附近一家农场里寻找食物时发现了许多树籽，它饱餐了一顿后，又顺便叼回来一颗，准备在它肚子饿的时候再吃。飞了好长时间，它一下子就看中了银尾巴家的树洞，它正打算把树籽藏在银尾巴家里呢。谁知刚要往里飞时，树籽一滑，竟然掉到了洞里，还砸到了熟睡中的银尾巴的鼻子上。

见这只鸟都欺负到家了，银尾巴气呼呼地冲向了洞口，朝树洞口猛扑了过去。画眉一看自己闯了祸，心虚了，赶紧缩回了头，立刻飞走了。不过这只画眉却非常喜欢恶作剧。当银尾巴重新返回树洞里接着睡它的午觉时，鼻子猛地又被什么东西给打了一下，当它睁开眼睛时，就见画眉大笑着从它家门前飞走了。

这可如何是好呢？在自己家睡觉都不踏实了。银尾巴赶紧想起了对策。

事情远远没有结束。

第二天，一只狗竟然跑到了它的树下，并冲着树上"汪汪汪"地大叫。原来，它在森林里闻到了银尾巴的味道，一路跟踪到了这里。跟这只狗一起过来的，是两个小男孩，这两个小男孩听见狗叫声，迅速地跟了过来。他们马上就发现了这个松鼠洞，于是，他们顺手捡起石块，往树洞里丢去。可是树洞太高了，所以石块并没有对银尾巴一家造成任何的伤害。银尾巴、母松鼠，还有它们那刚出生不久的孩子们，都一声不吭地趴在洞里。这些男孩折腾够了，便悻悻地领着狗回去了。

经历了这么多不愉快的事情，银尾巴和母松鼠终于下定了决心要搬离这里。除了经常被骚扰外，它们之所以选择搬家，还有一个重要的原因：它们全家身上都长满了虫子，浑身瘙痒，实在是难以忍耐。这都是那些银尾巴收集来的羽毛和棉絮造成的。原来，由于银尾巴从小在农场里长大，所以在刚絮窝的时候，它以为羽毛和棉絮是最舒服的东西，于是就把它们找来放到了窝里。

确实非常舒适，但这些东西却给它们招来了很多虫子。

搬家的事情决定下来后，夫妻两个便一起出了门。它们在森林里来来回回地蹦来跳去，除了选择新房子外，它们还顺便收集了一些好吃的东西。

银尾巴曾把妻子领到它单身时的住所，但母松鼠却连正眼都没瞧上一眼，扭头便走。在它眼里这哪里还是个家，银尾巴居然还能在那里住了那么长时间！

母松鼠最后看中了一个被老鹰废弃了的窝。那个窝是在一棵很高的大树上搭建起来的。老鹰很久以前就被猎人给打死了，所以现在也不用担心它会回来了，这倒是个不错的地方。冬天的寒风已经把窝里面吹得很干净了，春天的阳光又把它晒得暖和和的。最主要的，它附近的树枝非常茂密，即使冬天树叶都掉光了，这个窝依然很隐蔽。

母松鼠先上去检查了一下，确认这个窝并没有被别的动物发现，因为里面留下来的还只是老鹰留下的味道，于是它就在这个窝里留下了自己的味道，然后又爬上爬下折腾了好几回，这样一来，整棵树都留下自己的气味了。不用说，其他的松鼠也别想来侵占这里的窝了。

这回，母松鼠再也不找那些羽毛什么的了，它找来了一些树叶，这些树叶能发出好闻的香味，能有效地驱赶虫子，还能防止大家身上再长虫子。

银尾巴同样也没闲着，它不知从哪里找来了一只手套叼在嘴里，准备絮窝的时候用，母松鼠见了很不高兴，马上把手套从树顶扔到了地上；银尾巴不甘心，赶紧从树上爬下去又把手套找了回来，这次母松鼠可真生气了，它不仅毫不客气地把手套给扔了下去，而且还冲着银尾巴嚷嚷起来，好像在说："我说不行就不行，不能把带有人类气味儿的东西拿回家！"银尾巴只好妥协，恋恋不舍地看了那只手套一眼。那只手套让它想起了自己在农场时的生活。但它却不得不听从妻子的安排。

经过几天的奔忙，新家终于建成了。接下来就要把孩子们都接过来了。

十

天刚亮，母松鼠就把孩子们叫醒了："喂，快起来，今天我们要搬新家了！"

　　接下来，它给每个孩子都喂了奶，让孩子们吃得饱饱的，这样才有力气。从它们出生以来，还从来没到别的地方去过呢。

　　母松鼠先跑出洞外观察了一会儿，当确信附近没有什么危险后，便返回洞中，叼起一个小家伙来到了洞口，准备往新家那边去。可它正要从树上往下跳时，突然听到了一些可怕的声音，似乎有什么动物正从它树底下经过。

　　母松鼠赶紧又返回了洞中，它放下孩子后，又来到洞口偷偷地观察起来，这时，就见一个头上长着很大的犄角的巨型动物在前面奔跑，后面还有两个小动物在追赶。前面的那个巨型动物看来并不可怕，不会对自己全家构成威胁；可后面那两个小动物却挺吓人的，其中一个嘴里不停地发出"汪汪汪"的叫声，另外一个是用两条腿走路的。母松鼠本能地向洞里退了退。因为母松鼠最害怕的还是跟在后面的那个两条腿的动物，那是一个人类的小男孩。小男孩牵着他的狗，耀武扬威地在森林里行走，他所到之处，对很多动物都造成了伤害。

见此情形，母松鼠赶紧返回洞里，紧紧地搂住孩子们，生怕它们不小心弄出什么声响。尽管它的后背非常痒，可它还是一直忍耐着。

过了一会儿，母松鼠又出来打探了一下，见那个小男孩和狗已经走远了，布谷鸟又欢快地唱起歌来，就连乌鸦也都发出了欢快的叫声："呱呱呱！"——这表示危险已经解除了。于是，母松鼠又重新叼起它的一个孩子走到了洞口。当它确信周围没有任何异常时，便从树顶跳到了地面。

母松鼠下到地面后又前后左右地看了看，发现确实没有什么危险，它正打算拔腿飞奔的时候，冷不丁地瞥见自家树洞旁，银尾巴也学着它的样子叼着一只小松鼠正准备往下面跳呢。母松鼠一见，顿时气得火冒三丈，又叼着小松鼠重新回到了树上，那只可怜的小松鼠被它左右摇晃着。

母松鼠跳到树上后，放下嘴里的孩子，冲着丈夫生气地大叫了几声："咕咕咕——"它是想告诉丈夫："赶快把孩子放下，你什么都不懂，老帮倒忙！别给我添乱！"

银尾巴非常委屈，它本来是出自一片好心，想帮助妻子，没成想却挨了妻子一顿训。它郁闷极了，只好放下了小松鼠，然后坐在自家门前的树杈上愤愤不平。

母松鼠叼起银尾巴放下的孩子，还想叼起刚才自己叼住的小松鼠，想一块儿运走，可它的嘴巴实在是太小了，叼起一个就叼不起第二个，尽管如此，它还是不想让丈夫过来帮忙。银尾巴没办法，只好眼睁睁地看着妻子瞎折腾。

后来，母松鼠把其中一个小松鼠先叼回洞里，然后又叼起放在树杈上的小松鼠，从树上滑到了地面上。之后，它还有些不放心地向上看了看银尾巴，使劲地冲它瞪了一眼，迅速地跑了。银尾巴一直看着妻子走远，再也没有做任何令母松鼠不满的事情。

母松鼠直奔新家而去。可跑着跑着，它却停了下来，随后，它找了一个僻静之处，把小松鼠放到了地上。接着，它又抬头看了看眼前的大树，重又把小松鼠叼在嘴里，迅速地爬到了树顶上。它这是想干什么呢？原来，它不想把身上的虫子带到新家去，于是便在中途处理起来，它仔细地查找小松鼠身上的所有部位，遇到虫子，便用爪子抓住，然后放到口中嚼了起来。

接下来，它又开始查找自己的身上。它用爪子认真仔细地从头到脚捋了一遍，使身上寄生的那些小虫子无处可藏。即便是后脑勺这样难抓到的地方，它都反复抓了好几次。它心中只有一个念头——绝对不能把新家也弄得那么脏了。

等到自己和小松鼠浑身上下都处理干净了，它便继续叼着小松鼠向新家跑去。

新家真是干净啊！而且还散发出阵阵树叶的清香。

母松鼠把小松鼠放了下来。小松鼠对这个新环境非常好奇，它在窝里东张西望，想看清楚这是哪里。母松鼠陪着小松鼠待了一会儿，以便让它尽快适应新家。过了一会儿，它便对小松鼠"咕咕咕"地叫了几声，意思是告诉小松鼠，它还得回原来的家一趟，把小松鼠的兄弟姐妹们都接过来。小松鼠于是便听话地待在洞里，妈妈走后，它一点儿都没乱动。

母松鼠从新家里出来后，中途一点儿也没耽搁，直接向原来的家跑去。银尾巴一直坐在树上，眼见着妻子忙来忙去，它却帮不上一点儿忙。不过，见妻子这么能干，它倒是很享受。

　　母松鼠接着又叼着第二个孩子出来了。像上次那样，它把第二个孩子带到中途时，也把它身上的虫子都清理了一遍。等到确定小家伙已经很干净了，这才把它叼着送到了新家，同第一个小家伙放在了一起。这回，两个小家伙都有伴儿了，于是，母松鼠没有片刻停留，接着又回去接第三个孩子……

　　如此反复，再把孩子们身上都清理干净后，它把它们一一搬到了新家。

　　然后，它对坐在树枝上晒太阳的银尾巴下达了命令："喂，孩子们身上都没有虫子了，现在该轮到你了，赶紧把你身体彻底地检查一遍，然后才可以进入新家。"

　　银尾巴于是便听话地将自己的身体从头到脚捋了一番，直到确信身上再没有虫子了，才跟在母松鼠身后，快快乐乐地奔向新家。

十一

　　就这样，银尾巴一家搬进了新居。

转眼就到了五月份。这个季节阳光灿烂，小松鼠们第一次来到了外面。这时，它们的腿脚还不是很灵便，可是，它们太喜欢外面的世界了。三个小家伙就在距离洞口很近也很稳的树干上坐着，享受着日光浴。

就在这时，老鹰那可怕的叫声传了过来。

听到这个叫声，银尾巴和母松鼠马上用嘴叼起三个孩子，将它们快速地运回了洞里。而那三个小家伙还不知道怎么回事呢，现在它们还不知道什么叫害怕呢。

接下来的几天里，老鹰总是光顾这片地区。每次它来时，都会发出那种很吓人的叫声，一听到叫声，母松鼠就会马上向孩子们发出警报："敌人来了，快躲起来！"

妈妈这时候发出的叫声跟平日里温柔的叫声一点儿也不一样。这样的事情发生了几次之后，小家伙们终于听明白了妈妈叫声中的含义，以后再听到这种叫声，它们就知道附近有危险了，于是赶紧躲到家里藏起来，不出一声。

随着温度的升高，三个小家伙也渐渐地长大了。它们越长越漂亮，身上的毛皮也变得越来越有光泽了。很快，它们的行动也变得越来越敏捷了。

这三个小家伙长得各有各的特点。

老大是哥哥，长得非常结实，憨头憨脑的，从不会以大欺小。它长得非常像它的父亲，力大无穷，还很听话。每当父母发出危险信号，它就会立马躲起来或者赶快跑回家去。父母对它最为放心。

老二也是个公的，长得不如哥哥强壮，脾气却很倔强，最不听话的也是它，但它却最聪明了。有一次，在外出玩耍时，它看见地上有一个自己从未见过的两条腿的动物，于是，它就把身子往前探了探，结果就被对方看见了。那个两条腿的动物实际上是人类的一个小男孩，他马上拿起弹弓，对准树上的松鼠就射了过去。幸亏打偏了，只打掉了旁边的一片树叶，这下老二可吓得不轻，它急匆匆地跑到了父母的身边。

老三是个妹妹，显得很娇气，不时地向妈妈发发嗲。就算和哥哥们一起出去玩时，它也会时常跑回妈妈身边，在它心目中，只有和妈妈爸爸在一起才是最安全的，所以，银尾巴和母松鼠也最疼爱这个最小的孩子。

现在，这三个小家伙都已经长大了，到了该学本领的时候了。所谓的本领，其实就是生存能力，这一点非常重要，直接关系到它们的自身安全。

它们的妈妈最先充当了教练，这时的妈妈表现得非常严厉，兄妹几个时不时地就会遭到它的训斥。当然，银尾巴也不会闲着，母松鼠累了的时候它就会顶上去。夫妻俩教给了孩子们这样一些道理：

第一，要时刻保持身体的清洁，尤其是尾巴，尾巴是它们的第二生命，只有保护好了尾巴，才可以安全地降落或者是飞跃。

第二，临出家门时，一定要听听外面有没有危险的声音，确认没有后，才可以探出头去。

第三，要是听到有两条腿的动物走路的声音，一定不要向下张望，也一定不要弄出任何的声响。如果正好在洞穴附近，就要赶快跑回洞穴里；如果附近没有洞穴可钻，那么切记：一定要将身体紧紧地贴附在树枝上一动不动，而且要坚持一段时间。

第四，要是看到有老鹰飞过来，可就不能一动不动了，这时就得赶紧躲到洞穴里，或者是地面的草丛中。

第五，在河边喝水的时候一定要当心蛇。

第六，如果在回家的路上看到了树籽，即使不饿，也要带回来几颗，这样饿了的时候就可以吃了。

第七，有些果实是有毒的，必须分清楚，否则，误食的话是会丧命的。

第八，不可以在树枝上跳来跳去，因为如果抓到了光溜溜的没有树皮的树枝，是很容易摔到地面上去的。

第九，在地面上行走时，要不时地跳到高处朝远处望一望，看看四周有没有什么危险临近。

第十，如果不知道对方是敌是友，要先晃动一下尾巴尖儿；如果对方也是灰松鼠的话那就是同类，可以做朋友，对方肯定也会晃动尾巴尖儿把你当朋友的。

十一，要努力练习跳跃，使劲往远处跳，这样，黄鼠狼就追不上你了。

十二，傍晚的时候千万不要出去，因为那是狐狸出洞找食吃的时候。

十三，深夜的时候也不要离开家，因为很多夜行动物也会在这个时候出现，而且它们的视力还特别好，比如猫头鹰。

还有……松鼠爸爸和松鼠妈妈恨不得把自己所知道

的生活常识和生活经验都一股脑儿地教给孩子们。小松鼠们学得非常认真，要不然会挨爸爸妈妈的训斥。

十二

这期间，老大、老三都学得非常认真，只有老二过于贪玩，有时会忘记父母的教导，比如说第八条，爸爸妈妈教它们千万不要从树皮脱落的地方上树和下树，那样树干太光滑了，没有抓的地方，爪子用不上力，很容易摔伤，可有一次老二却偏拣那种光滑的树干往下滑，结果一下子就摔了下去。它吓得大喊救命，幸好附近正好有一个树枝斜搭过来，它一下子抓住了那根树枝，才算保住了自己的一条小命。

虽然经历过这样的危险，但老二却并不从中吸取教训，它依然我行我素，对父母的警告不理不睬。每到这时，父母都会再单独提醒它一遍，但每次老二都是听得很不耐烦。有时银尾巴难免失去耐心，于是便动用了"家法"——用嘴巴使劲咬老二，可老二顶撞父母的个性还是改不了。这期间，老大和老三都在用心地学习，并且将作为松鼠所必须注意的事项一一牢记在心中。

六月份到了，整个森林沐浴在夏日的阳光里，森林里的小动物也都时不时跑出来观看漫山遍野的野花。

一天，兄妹三个在家门口正玩得起劲儿，这时，从远处传来了一阵巨大的脚步声，听上去十分可怕。

母松鼠马上发出了危险的信号，叫它们赶快躲藏起来，自己则就近趴伏下来，身子紧紧贴着树枝。

三个小家伙按母亲说的，藏进了附近的安全的窝里。可没过一会儿，老二就把头探了出来，它实在不愿意每天都这么躲躲藏藏地过日子。它露出头来，察看了一下四周，外面看来没有像母亲说的那么可怕嘛！大家怎么都那么胆小啊！于是，它便从窝里露出了整个身子，接着便蹦到了树枝上，又从树枝上蹦到了它们经常玩耍的地方，它才不怕什么脚步声呢！谁来了它都不怕。它暗暗嘲笑妈妈和哥哥、妹妹胆小怕事。在它看来，那个脚步声还没有过来，如果它们真是什么可怕的动物，那么，自己随时都可以趴伏在树上啊！

母松鼠一见老二走了出来，可吓坏了。它不停地严厉地命令儿子快藏起来，至少马上趴下！可老二还是一点儿都不听话。它现在只想弄明白那个脚步声到底是什么动物发出来的，于是，它就在树上等着。

那种它一直期待的脚步声果然朝这边来了。离自己越来越近了，终于看清楚了！原来是一只四条腿的动物和一个两条腿的动物。

但凡有一点儿森林经验的动物，都会惧怕这两个搭档的，他们是猎人和狗。母松鼠吓坏了，它绝望地趴伏在自己待着的树枝上。可老二依然一点儿都不知道害怕，这是典型的无知者无畏，从它出生以来，还从来没有见过这对搭档呢。它太好奇了，于是便忘记了父母传授给它的所有生存本领，从树上探出头来，想再看个究竟。

与此同时，狗也看见它了，于是便大叫着提醒主人："汪汪汪，快看哪，树枝上有一只松鼠！快，快把它打下来！汪汪汪！"

听到狗叫声，老二才意识到来者不善，它吓得大叫一声，与此同时，就听"砰"的一声枪响，老二应声掉到了地上。

那只狗又得意地"汪汪"叫了几声，在两条腿的动物身边转来转去，似乎在说："我说得没错吧？它果然是在树上。"

而老二这个不听父母话的孩子，最后终于付出了生命的代价，它永远都别想再见到它的父母了。

失去了老二，银尾巴和母松鼠都伤心极了，接下来，它们对老大和老三看管得更严格了。

十三

正值夏天，所有的灰松鼠都换上了美丽的夏装。银尾巴的皮毛现在变得特别有光泽，非常美丽。它十分珍视的尾巴现在也变得异常蓬松。

银尾巴忽然心血来潮，想出去走走。教小松鼠学习的时间太长了，如今，小家伙们都学有所成了，它也可以放松放松了。

该去哪儿呢？对了，还是故地重游吧，它打算去那个有着红松鼠的森林。银尾巴蹦蹦跳跳地在树枝上穿行，它的精神状态非常好，浑身都充满了活力。

很快就到了那片森林。那里有很多松树，夏天的时候，太阳一出来，很多树上就会流淌出松脂来，松脂的香气在整个森林里扩散开来，哪儿都能闻到。银尾巴非常喜欢这种松脂的味道。

就在这时，它看见了以前同它打架的那只红松鼠，银尾巴赶紧贴伏在树枝上，向下观察，看那只红松鼠到底在干什么。那只红松鼠根本不知道银尾巴就在附近，它正气喘吁吁地拖着一个东西往前走，看上去它背上的东西分量不轻。银尾巴仔细看了一眼那个奇怪的东西，发现那个东西是红色的，圆圆的，像一把伞，个头儿还挺大。原来，那只红松鼠正背着一个大个儿的蘑菇，不过，却是一个毒蘑菇。

以前，银尾巴曾碰到过毒蘑菇。但本能却告诉它不能碰，碰了可能会没命。

可现在，这只红松鼠却愚蠢地拉着它，如果不小心被地面的什么东西给剐了或者是绊住了，它还会指着那些绊到毒蘑菇的东西大骂一顿。

那只红松鼠正在大发脾气，树上有一只鸟突然大叫一声："不好了，敌人来了！"

　　红松鼠听后，立刻丢下毒蘑菇，赶紧爬到了旁边的一棵树上。可它竟然在树上看见了它以前的仇敌，没想到那只曾经把它给打败的银尾巴竟然也在这棵树上，红松鼠一愣，决不能同银尾巴待在一起，于是，它恶狠狠地朝银尾巴瞪了一眼，又蹦跳着跑到了别的树上。

　　过了一会儿，什么事情都没有发生，那只鸟也许只想跟大家开个玩笑罢了。于是，银尾巴便从它待着的树上跳了下来，它见那只红松鼠已经不见了，于是就径直走到那个毒蘑菇旁边，细心地琢磨起来。

　　那个大蘑菇早已被磕坏了，裂开了几道口子，从口子里面散发出了一种非常奇怪的味道，说不出来到底是什么怪味儿。银尾巴抽动着鼻子，仔细地闻着这种怪味儿。它当然不知道这是毒蘑菇，只是觉得它的味道还不错。

　　要在平时它都会很小心的，可当时它已经很饿了，眼前的蘑菇对它来说非常具有诱惑力，于是，银尾巴从破口处轻轻地尝了一口，呀，味道确实不错！于是，它便大口地吃了起来，过了一会儿，大蘑菇及其根部，还有掉在地上的碎渣儿都被它吃了个精光。

等它吃完之后，才发现大事不妙，它感到自己体内的热血就像要喷发出来一样，它再也静不下来了，一会儿跳到树上，一会儿又降落到地面。这时它根本就顾不上附近有没有危险了，就连打树顶上飞过的一只老鹰它都不在乎了。如果老鹰这时飞了过来，它都敢跟它较量一番，可当时，那只老鹰的肚子已经饱饱的了，因此，它只是奇怪地看了一眼跳上跳下的松鼠，便飞走了。

银尾巴肚子里实在是太难受了，这时候要是那只红松鼠出现的话，准会被它给打个半死的。可那只红松鼠似乎有自知之明，根本就没有再出现。

银尾巴没命地在森林里奔跑着，看到它平日里根本就够不着的树还不知深浅地向上跳去，结果在半空中就落了下来，即使在这样昏昏沉沉的状态下它都没忘记张开自己的大尾巴，平安地降落到了地面，总算没有摔伤。

从地面爬起来后，银松鼠又没命地向另外一片森林里跑去。之后又冲向了农舍，最后又箭一般冲向了山丘。银尾巴就这样一刻不停地跑着，一直跑到晚上，才消停下来。这时候，它也累到了极点，一下子瘫倒在地上，一动都不想动了。

可是，它还得回家啊，要不然母松鼠还有小松鼠们该多惦记啊！于是，它又重新站起来，踉踉跄跄地向家的方向跑去。

都不知道它是怎么跑回来的，它好不容易爬上了树，来到自己的窝里。这回实在是动不了了，于是它就缩成了一团，睡了过去。母松鼠觉得丈夫身上一定是发生了什么可怕的事情，于是它一刻不停地守候在丈夫身边，紧张地看着它沉沉地睡去。

第二天早上，太阳升起来时，银尾巴已经没事了，不过，经过昨天那么一折腾，它浑身一点劲儿都没了，它发现自己身上满是白色的污物，一闻到那种气味，它就恶心得想吐。

外面阳光灿烂，母松鼠见丈夫没事了，便带着两个小家伙，像往常一样，到外面找食吃去了，洞里只留下银尾巴孤零零一个。此时，外面虽然阳光普照，但它却一点儿也不想出去。

整整一天，银尾巴都待在家里休息。到了傍晚，它才从窝里爬出来。从树上跳下来后，它跑到了离自己家最近的小溪边，喝了满满一肚子水，才又慢慢地走回了家。母松鼠把丈夫身上的脏东西都舔干净，还温柔地安慰了它几句。

银尾巴又昏昏沉沉地睡了一宿，等它再次醒来时，觉得身体好多了，又有了精神头儿。

十四

一天，银尾巴又来到了那条小河边，忽然，它看到河面上漂来了一些银光闪闪的东西，仔细一看，正是毒蘑菇的碎片。

银尾巴从水中捡起了毒蘑菇的碎片，犹豫了片刻，它想：这次我就吃一点点，应该没关系吧。终于，银尾巴还是经不住诱惑，再次把它放到了嘴里。

可吃了这一点点之后，它更想吃了，这东西就像有一种魔力，可以使它上瘾，于是，银尾巴便顺着小河边，蹦蹦跳跳地到了河水的上游。

河水的上游正是红松鼠居住的那片森林，银尾巴刚才看到的蘑菇碎片实际上是那只红松鼠吃剩下的。

现在，红松鼠居住的森林里遍地都是毒蘑菇。还没走过去，它们的香气便传了过来。银尾巴禁不住诱惑，看到那些毒蘑菇后，它便挑了一个距离自己最近的大毒蘑菇来吃。真好吃呀，银尾巴一口气儿就把眼前的大蘑菇都吃完了，肚子里鼓胀胀的。

毒蘑菇的威力很快又发挥出来了，以前发生在银尾巴身上的一幕又重现了。这时，银尾巴再次觉得浑身有使不完的劲儿，它又变得勇猛无敌了，很快，它又天不怕地不怕了。它绕着圈儿地在森林里快跑着，嘴里不停地大喊大叫，现在，它真想把所有的红松鼠都找出来跟它们一较高下。

这时的它，任何动物都不怕。它见到了水蛇这个平日里经常欺负其他动物的家伙，于是便猛地向水蛇冲去。水蛇从来都没见过有哪只松鼠像它这么勇敢呢，竟被它吓了一跳，快速地躲开了；银尾巴接着又爬上了树，树上有两只啄木鸟正在捉虫子呢，银尾巴又向它们两个扑了过去，吓得啄木鸟一下子放下了刚叼到嘴里的虫子，马上飞远了。

银尾巴现在见到谁就想跟谁打架。不过，它这天倒是没看到平日里的天敌，譬如狗和人之类的。要是见到了，说不定也会直接扑过去，那样的话，真不知道会有什么事情发生呢，结局可就不太好说了。

到了晚上，银尾巴又跑得浑身没劲了，它晃晃悠悠地回到了自己家树底下，好不容易才爬上了树。

母松鼠见了，不像上次那样对它温柔备至了。它甚至很不高兴地嘀咕了一句："怎么又变成这个样子了！"那神态就像人类的女性一样，看到丈夫总是醉酒后深夜而归，便发出了嗔怪的声音。

银尾巴躺倒在自家窝里，又昏昏沉沉地睡了一宿。等第二天醒来时，银尾巴又是浑身乏力，连起床的力气都没有了。再睁开眼睛时，它发现妻子已经带着一对儿女出去找食去了，家中只留下自己，而它却一点儿力气也没有，想起都起不来，浑身就跟散了架一样，虚弱得不得了。

整整一天，银尾巴又是一动没动。

第三天，银尾巴睁开了眼睛，从树上爬了下来，又找到了那条小溪，喝了满满一肚子水后，它便就近找了一个地方，边睡觉边晒太阳。

第四天，银尾巴还是觉得头重脚轻的，吃完早饭后，它就待在家附近的树枝上晒太阳。

接连过了好几天，它才恢复了体力，终于又可以蹦蹦跳跳的了，而且，身体变得跟以前一样强壮了。这段时间，由于它总是莫名其妙地昏睡，又莫名其妙地变得很健壮，母松鼠和小松鼠都被搞糊涂了，觉得它好奇怪。

红松鼠生活的那片森林有很多令银尾巴吃后中毒的毒蘑菇，可为什么红松鼠却可以采摘呢？为什么它们吃了就没事儿呢？难道它们吃了就没有危险吗？还是它们的身体可以承受那种毒素呢？其实根本不是你想象的那样。如果红松鼠也用和银尾巴同样的吃法，那么它们不中毒才怪，那时它们也会像银尾巴那样折腾的，不过，红松鼠却懂得怎么吃才不中毒。它们一般都是把毒蘑菇从地里拔出来后，先运到自家附近的树顶上，让阳光把毒蘑菇晒干了，再被风一吹，毒蘑菇里面的毒素基本上就散掉了，这时吃起来就不会中毒了。

银尾巴那天只是看到了红松鼠运送毒蘑菇的过程，却不知道下一步该如何处理，于是就急急忙忙地吃了起来，不中毒才怪呢。

由于红松鼠一家从祖先那里世世代代继承了吃毒蘑菇的方法，所以，它们绝不会因为吃了毒蘑菇而中毒。这其实也是大自然母亲教给它们的。

十五

到了七月份这个雷雨最多的季节，森林的上空经常会电闪雷鸣。

每当这时，银尾巴就会兴奋异常。于是，它便又跑到了红松鼠居住的森林里。

这时森林里面的毒蘑菇已经没有什么新长出来的了，不过却有很多干枯的蘑菇，而且它们周围还散发出很奇怪的味道。原来毒蘑菇正在向外排毒呢，这种气味就是毒蘑菇所散发出来的味道。这一点银尾巴当然不知道了。

可为什么银尾巴会在这样的天气里跑到毒蘑菇这里来呢？原来它只是靠着自己的感觉，好像有一种力量在召唤它到这里来一样。

实际上，毒蘑菇这时散发出来的味道并不好闻，银尾巴闻到后还会非常恶心，可要是仔细闻闻的话，就会发现，那气味里夹杂着一股核桃的清香味道，比鲜蘑菇散发出来的味道还要浓烈呢。

银尾巴抽动了一下鼻子。它又忍不住了，于是便兴高采烈地吃了起来。可是只吃了几口，它就恶心得不得了，嘴巴一下子变得僵硬了，同时，它那特别精心梳理过的大尾巴也变得僵硬了。

银尾巴浑身难受极了，就像被谁给卡住脖子一样，唾液马上便从嘴里慢慢地流了出来。它浑身疼痛，还一阵一阵地抽搐着。接着，它便一头栽倒在了地上，刚吃进去的食物马上又被它吐了出来。尽管食物被吐出来了，可它的症状并没有减轻，因为毒性现在已经发作了，已经跟它体内的血液结合到了一起，输送到了它的全身各处。

银尾巴跟跟跄跄地走到了一片草地里，找到一个茂密的草堆躺了下来，它浑身一点劲儿也没有，回家的路又那么远，它根本就回不去。于是，整整一夜，它都在草丛里折腾，当太阳升起时，它还在那里翻来覆去地打滚儿，痛苦得不得了。

　　银尾巴接连在草丛里待了好几天，这几天，母松鼠和小松鼠们一直都在找它，可就是不见它的身影。母松鼠漫山遍野地呼喊着："亲爱的，你到底在哪里啊？赶紧回家来吧！"可就是没有听到它的声音。母松鼠只好担心地回到家里。日子就在松鼠一家的寻找和等待中一天又一天地过去了。银尾巴到底怎么样了呢？其实，它并没有死去。

　　第二天晚上，太阳快要落山时，它终于微微睁开了眼睛。这时它的身体已极度虚弱了，浑身都在不停地颤抖，头还一阵一阵地疼着，思维也模糊了，脸上非常烫，就跟发了高烧一样。尽管如此，它还是努力支撑着走出草丛，慢慢地挪到了那条小河边，喝了几口水，感觉似乎比刚才好了一些。可它还是没有办法走路，更不要说蹦蹦跳跳了。

　　接着，它又找到了一个圆木墩，在旁边躺了下来，又昏昏沉沉地睡了起来。就这样，它醒来时就去找点儿水喝，然后接着再睡……到了第四天时，它勉强能动了，于是便沿着山坡往前走了走。路边有一些草莓，它摘了一个吃，感觉有点儿力气了，但身体依然很虚弱，还是回不了家。

再往前走，它看到了一棵大树，树上有一个被废弃的窝，这个窝距离地面并不高，于是，它使出浑身力气爬了上去。对银尾巴来说，待在树上的窝里，总比待在地面上暴露自己要安全很多。

银尾巴在地面上折腾的这几天里竟然没碰到一个天敌，真够它幸运的。也许冥冥之中这些动物的大自然神灵在保佑着它吧。

银尾巴一直在这个临时的树洞里睡着。等它醒来后，又萎靡不振地滑到地面喝了点儿水，接着又吃了几颗草莓，然后又马上爬回临时的树洞里接着睡了起来。

又一个早晨，树上的小鸟"叽叽喳喳"地叫着，天空中艳阳高照，这时，银尾巴醒过来了，它浑身上下比前几天舒服多了，它觉得是时候回家了。

银尾巴舒展了一下筋骨，发现自己终于恢复了元气；又试着跳了跳，确定真的没什么问题。于是它便从树上蹦了下来，可是忽然觉得尾巴有点儿沉重，仔细一看，原来尾巴浸上了松树油，弄脏了。于是它马上停下来，开始梳理自己的尾巴，接着，它又去河边喝了点儿水，洗了洗身子，感觉整个身体都干净了，又恢复了精神，这才朝着家的方向跑去。

不知不觉间，它已经在外面待了七天了。

银尾巴满心欢喜地回到家，满以为妻子会很热情地接待它，没想到母松鼠见到它后却一反常态，立刻领着孩子们回到了窝里，把银尾巴挡在了洞口外。

母松鼠以为眼前的这个家伙可能是敌人。于是，银尾巴及时地晃动了一下尾巴，向妻子发出信号，证明自己是它的丈夫。但妻子并没有打消顾虑。毕竟，它这么长时间都没有回来了。眼前的这位到底是不是自己的丈夫呢？银尾巴摆动着银色的尾巴尖儿，慢慢地凑近了自己的妻子。母松鼠伸长了脖子，嗅了嗅银尾巴身上的气味。银尾巴也伸长了脖子，它们的胡须碰到了一起，它们都在使劲嗅着彼此身上的气味。

经过一番严格的检查后，母松鼠终于确定了眼前的这个家伙就是自己的丈夫，于是它不再阻挡，转身让银尾巴进了窝。

就这样，经过了一个星期的历险后，银尾巴终于平安地回到了自己家中。从此以后，它再也不敢贪嘴了，有些东西可以吃，而有些东西却是绝对不能碰的，再想吃也不能吃或者不能多吃，否则身体就会遭罪，甚至还可能丢了性命。银尾巴总算记住这次惨痛的教训了。

有一次，银尾巴领着两个孩子出去时发现自己的这片森林里也长着这种毒蘑菇。银尾巴一见到这些毒蘑菇，就做出呕吐的动作，并飞快地跑了出去，连看都不想再看它们。小松鼠们一见爸爸这副痛苦的表情，便知道这些毒蘑菇是碰不得的，吃了的话肯定会有不好的结果。所以，它们一直都对这种毒蘑菇敬而远之，谁也没有碰过。

十六

不要认为只有人类才会玩游戏，实际上，野生动物们，尤其是它们的孩子也酷爱玩游戏，它们在游戏中掌握了很多本领。

灰松鼠们也都不例外。因为它们大部分时间都在树上生活，所以松鼠小的时候就会在树枝上奔跑追逐，相互打闹，除此之外，它们还会玩捉迷藏、滑梯、跳高等。它们敏捷地爬上爬下，然后钻到树下的草木丛里。松鼠从小到大一直都在玩这种游戏，在玩中锻炼了身体。

它们有时玩的游戏也很冒险。

银尾巴所居住的森林，每到夏天，就经常会有老鹰光顾。有时候，那些健壮的松鼠就会拿这些老鹰开涮。因为老鹰是一种极其凶猛的大鸟，它们有时候盘旋在高空中，有时候又会从空中俯冲下来，专门袭击青蛙和老鼠等小动物，有时候，老鹰会落在树枝上稍作休息。跟老鹰玩游戏很刺激，所以那些胆小的松鼠都不敢和这些老鹰开玩笑。否则，很容易就会被老鹰抓住并成为它的一道美食。

可银尾巴却喜欢玩这种游戏，因为它的身体非常健壮，所以它不但不会觉得害怕反而会觉得很有趣。以前它就曾玩过很多次，每次都能非常巧妙地从老鹰的爪子底下逃生，把老鹰气得恼羞成怒。因为它的身体实在是太敏捷了，不仅能在树上跳上跳下的，还能在树枝间穿梭，并且有时还会出其不意地跑到地面上来。

只要看到有老鹰从头顶飞过，它就会故意跑到老鹰视线能看到的一个地方，摆动起自己那根很显眼的银尾巴，逗弄着老鹰飞过来抓它。

要是老鹰不搭理它，它就会站立起来，发出"咕咕咕"的叫声，好像在告诉老鹰："哎，我就在这儿呢，有能耐过来抓我呀，我可不怕你！"

还从来没有什么小动物敢向老鹰发出挑衅呢！所以，见这么一个小家伙不把自己放在眼里，老鹰就会勃然大怒，一个俯冲直奔银尾巴而去。银尾巴刚开始会一动不动地待在原地，看着老鹰离自己越来越近了，眼看要抓到自己时，它一下子就躲到了旁边的树枝上，结果老鹰就会扑个空。等老鹰气急败坏地到处寻找它时，银尾巴马上就又从另外的树枝上露出头来，再戏弄老鹰一番："哼，我就说你抓不到我吧！"

老鹰气急了，接着朝银尾巴扑去。银尾巴猛地缩回头，又不见了。老鹰躲闪不及，一下子撞到了一根很粗的树枝上，被撞得晕头转向。这时，银尾巴又出现了，它还是"咕咕咕"地叫个不停，似乎在说："太好玩了，太好玩了，再来抓我呀！"

就像这样，银尾巴没事就会戏耍老鹰，而它每次都能成功脱逃，所以它已经把戏弄老鹰当作家常便饭了。它戏弄老鹰时就像斗牛士斗牛一样：先是吸引牛的注意，当牛生气了，向他冲过来时，他便敏捷地躲到一旁，于是牛便越发愤怒了。即使他离开场地了，牛还是发疯地绕场乱跑。银尾巴对自己的身体和反应都是信心满满的。它特别喜欢看老鹰发怒的样子，觉得那样非常有趣、非常刺激，所以，这种游戏它一直百玩不厌。

附近就有一只公老鹰，经常成为银尾巴戏耍的对象。平日里，这只公鹰专门以捕食鸟类和老鼠等一些小动物为生。偶尔也会抓些松鼠来吃。可银尾巴才不怕它呢，而它经常会被银尾巴气得发疯，却拿它毫无办法。

一天早晨，同往常一样，银尾巴又开始戏弄这只老鹰了。每当这只老鹰扑过来时，银尾巴就会敏捷地躲开。再扑过来时银尾巴又躲开了。这只公鹰真的动怒了，于是便大叫着呼唤起自己的妻子来。

母鹰应声飞了过来。当这只公鹰再次想抓住银尾巴时，银尾巴马上一个急转身便撤到了大树的另一侧。要是换在以前的话，银尾巴肯定会轻松逃脱掉的，可现在

　　母鹰也加入了追捕活动，它早就等在了银尾巴准备逃跑的地方。当银尾巴发现母鹰时，它又来了一个习惯性动作，绕向了大树的对面，可那只公鹰正在对面张着爪子等着它呢，这下可糟了。看来必须跟这对老鹰夫妇较量一番了。

　　此时，母松鼠在树顶上将这一切都尽收眼底。它为自己的丈夫担心，却又毫无办法。眼看丈夫绕着那棵大树不停地闪转腾挪，看来这次真是凶多吉少了，母松鼠的眼泪忍不住掉了下来。

　　银尾巴绕着那棵大树滴溜溜地转着圈子，并用它的大尾巴抽打着向它袭来的老鹰，几次都成功地逃脱了老鹰的爪子，可紧接着，老鹰夫妇竟盯住了它的身体。公鹰先朝它扑了过来，银尾巴立刻转过身去用尾巴抽打了它一下，紧接着，它打算用自己的大尾巴抽打身后的母鹰，可它还没来得及行动呢，那只公鹰已经伸长了爪子，冲着银尾巴的身体直扑过来。

　　银尾巴只好再次扭转身子，在原地纵身一跃蹦起来老高。两只老鹰便一齐朝它扑了过去，可是银尾巴的降落速度却比它们要快得多，所以并没有被它们抓到。

接着，银尾巴便冲向了一片茂密的草地，它边跑边跳，速度飞快。转瞬间便消失在了茂密的草丛中。那两只老鹰在低空盘旋着，寻找着银尾巴的藏身之处，可是由于草丛的草又高又密，银尾巴的身体完全被遮盖住了，所以，它们只能在附近盘旋，一时半会儿也找不着。

银尾巴一动都不敢动，要不然立刻就会被那两只老鹰发现的。它屏住呼吸，想等老鹰飞远再出来。那两只老鹰盘旋了老半天，见银尾巴总也不出来，便放弃了，飞向了远方。

银尾巴的身体流了很多血，刚才它被那只母鹰抓伤了，伤得十分厉害，不过还不至于伤及性命。从此以后，银尾巴的身上便多了三道永远都抹不去的伤痕，这是它跟老鹰玩耍时付出的代价。

从这次起，银尾巴就不敢再玩命了，它终于明白，有些游戏是不可以玩的，否则就可能付出宝贵的生命代价。

从此，银尾巴家族也就懂得了这样一个道理——敌人来时，一定要一动不动，连大气都别出，就跟死了一样，直到对方走远。所以，它们隐藏起来时，就连猎人和猎狗都很难发现它们。

十七

松鼠生活的地方，到处都是茂密的高树。它们可以很容易地把自己隐藏起来；另外，它们还要经常喝水，所以附近一定得有河水。高树和水都是松鼠生存的必要条件。

松鼠喜欢选择干净的河水或是泉水，而不喜欢池塘里的水。因为池塘里的水很脏，而且里面往往还隐藏着一些令它们恐惧的动物，此外，池塘周围还很泥泞，如果去那里经常会深陷其中。所以，松鼠基本上都不会选择池塘里的水。

有一天，天气十分炎热，母松鼠在一个树枝间睡午觉，它的小女儿在它的不远处睡着。一到这个季节，灰松鼠就会感到浑身疲劳，总也睡不够。太阳实在是太毒了，晒得松鼠们萎靡不振，老三被晒总会感到口渴。于是它就想去那条小河边喝点儿水。它轻轻地从树上跳到了地面，母松鼠这时也醒了，它见老三已经跳到了地面，便半睁着眼睛看着它这个最小的孩子。

这个季节，很多动物都懒洋洋的，有一种生物却是精神头儿十足。蹲守在小河边的那条黑蛇便是这样。此刻，它正趴在河边横着的一个圆木上。

当小松鼠老三刚从树上跃到地面上时，它马上就意识到老三是到河边喝水来了。不过它却装出一副浑然不知的样子，依旧趴伏在圆木上一动不动。

见此情形，母松鼠马上意识到了问题的严重性。于是，它立刻从休息着的树枝间跳了下来，准备去把老三拦截回来。

母松鼠刚跳到地面上，可怕的事情就发生了。那条黑蛇突然跳了起来，张着大嘴朝松鼠老三扑了过去，一下子就咬住了老三的脖子。接着，它便扭动着身体，将老三的身体整个儿卷起来，它这样做是想用力把老三弄没气儿了，然后再吃掉它。一开始老三还能大声喊救命，可是黑蛇一用力，它的叫声就越来越细弱了，最后都叫不出声来了。

母松鼠见了眼前的情景，飞一般地朝这边奔来了。

它一个健步便扑向了那条黑蛇，并用自己那尖利的牙齿使劲地咬这条可恶的黑蛇。

黑蛇疼得不得了，本来它还紧紧地勒着老三呢，这时也不由得松了劲儿，转头又去咬母松鼠，同时又用它的身体把母松鼠缠了起来。母松鼠马上也发出了求救的声音，很快，它也叫不出声了，那条黑蛇把它缠得太紧了。

正在树上休息的银尾巴隐约听到了叫声，它立刻睁开眼睛，定睛一看，发现自己的妻子正在那条讨厌的黑蛇掌控之中，现在，母松鼠还有力气摇动它那条银色大尾巴，直到现在，它还是没有放弃向同类或是自己丈夫发出求救的信号。银尾巴见了，赶紧从树上飘落下来，连着一个三级跳，箭一般地朝黑蛇那边蹿了过去。

实际上，平日里银尾巴还是惧怕黑蛇的，它那个样子看着就叫人感到恶心和恐惧。可眼下，妻子就在它手里，所以也顾不了那么多了。它猛地扑向了黑蛇，并用自己那尖利的牙齿使劲地咬住了黑蛇的身子，一下子就咬到了黑蛇的骨头上了。接着它又开始咬黑蛇的其他地方。

　　那条黑蛇感到了疼痛，便立即回身咬了银尾巴一口，咬到了银尾巴肩膀上，可银尾巴肩部的皮最厚，所以这一口对银尾巴来说不痛不痒。银尾巴随即一转身，直奔黑蛇的咽喉咬去，这可是黑蛇的致命部位，这里最柔软了。银尾巴用力地咬了下去，黑蛇就支撑不住了，它立刻丢开了母松鼠，痛苦地扭动着身体，接着又把银尾巴卷到自己的身体里，并使劲地勒着它。

　　银尾巴很快就没有力气了，可是刚被放开的母松鼠马上又反扑过来，它直接咬住了黑蛇的头部，并将黑蛇两眼之间的部位给咬烂了。接着，它又开始咬黑蛇的两只眼睛，把黑蛇的眼睛给咬瞎了，黑蛇什么都看不见了。尽管如此，母松鼠还是没放过它，又去咬它的眼睛里面，一直咬到了黑蛇的脑汁。这样一咬，再凶猛的蛇也受不了。黑蛇拼命地挣扎着，它的头左摇右摆，想把母松鼠给甩下去，可母松鼠就是咬紧了不撒口；黑蛇的身体开始抖动起来，一直勒紧银尾巴的身体慢慢松动了，于是，银尾巴便乘机逃了出来。

　　大黑蛇拍打着尾巴，身体渐渐扭曲起来，开始朝着水池边挪过去。它的眼睛什么都看不见了，只是凭感觉往池塘边挪动。银尾巴、母松鼠还有老三赶紧躲到了一旁，眼睁睁地看着黑蛇往池塘边移动。

就在黑蛇刚爬到水池附近时，水池里突然伸出一个怪物的头来，它的头和松鼠的头一般大小，原来是一只鳖。这只鳖转动着它那贼溜溜的眼睛，等着这条大黑蛇向它靠近。等黑蛇离它稍近一些的时候，鳖一口咬住了黑蛇的头，接着便把它拖下水去吃掉了。

银尾巴一家马上离开了池塘，朝自己家的方向走去。尽管它们三个都受了伤，但伤得并不算严重。

经过这次的教训，小松鼠老三彻底明白了一个道理：不能喝池塘里的水，实在要喝水也要选择好喝水的时间。比如，不能在特别炎热的时间出去喝水。特别炎热时，水边总会有一些纳凉的动物，比如黑蛇什么的，碰到它们就危险了。所以，一定要选择在早晨或晚上天气稍微凉爽的时候再出去；而且，千万不要到有强光照射下的水面喝水，因为如果待在这种地方，当有危险来临时，光线可能会让它们看不清楚对方是谁。

经过这次危险的事情之后，老三更不愿意离开母亲了，它想和母亲永远生活在一起。

就在银尾巴它们都回到窝里时，发现老大也已经回来了。这段时间，老大经常往外跑，它会独自走到很远的地方，有时很多天都不回来。老大现在已经渐渐适应了没有父母在身边的日子，它开始独立了。可不知它到底经历了什么事情，居然也回到了这个原本就属于它的家中。

老大的回归，让这个家里充满了喜悦。

见到彼此，大家真是太高兴了，全家都能生活在一起，还有什么事比这更能让它们满足和安心的呢？整个晚上，它们都在尽情地享受着天伦之乐。

十八

松鼠的生活，除了需要森林里高大的树木和干净的河水外，还需要结有树籽的树木和青草等。

到了夏末，森林里大量的树籽就要成熟了，橡树和松树的树籽都结了很多。银尾巴见自己家门口就有很多树籽，真是高兴极了。树籽还没有完全成熟呢，它们一家子就迫不及待地采下来吃了。树籽的味道实在是太诱人了，所以，银尾巴一家根本就等不到它成熟的时候。

没成熟的树籽黏糊糊的，所以松鼠一家吃完后身上都弄得黏糊糊的，而且它们的脸上也粘得一片一片的，如果不仔细看，都分不出谁是谁了。不过，脸上弄脏了倒不要紧，尾巴可是万万不能弄脏的。如果尾巴也弄脏了，它们才是真的心疼呢，那时，它们就会马上停下手头的任何事情，先把尾巴给弄干净。

转眼间就到了九月份。狩猎的季节到了，三五成群或者是独自成行的猎人都会到森林里来捕猎。

森林里的树籽现在已经很多了，那么，这么多的树籽究竟归谁所有呢？森林里的规矩是非常公平的——谁先发现了，并且在上面留下了气味，那树籽就归谁。松鼠间的规矩是这样定的：谁在结籽的那棵树上面筑窝，那棵树上所有的树籽就归筑窝者所有，不光它所生活的那棵树，就连附近的树木也都归它们一家所拥有。不仅那些树上的树籽，就连附近的土地也属于该松鼠所有。它们就是自己那块地盘上的主人，可以为所欲为。而这个领地实际上并没有什么严格的界限。因为它们要那么多的领地派不上多大用场，所以对松鼠们来说，差不多够了就可以了。

在自己领地里所生长的树籽理所当然地归自己家所有了。所以，当银尾巴一家看到附近的树籽都成熟了，也都满心欢喜。

不过，只有其他的松鼠才会承认这一点，而森林里其他的动物可不那么看，所以，一到树籽成熟的季节，从四面八方就会涌来很多动物，它们也想分享一下这丰收的果实。

比如啄木鸟或者其他的鸟类就会把尚未成熟的树籽啄碎了吃掉。但它们只是吃却不能带走。尽管如此，银尾巴一家还是觉得自己的利益遭到了侵害，所以，每当这些鸟儿飞来时，它们就会不遗余力地把它们轰走。

不光鸟类，森林里的其他松鼠也会跑来分一杯羹。如今，以前同银尾巴打斗的那只红松鼠就来了，不光它自己，它还把自己的老婆也带来了。

红松鼠当然知道这里是银尾巴的地盘，所以它每次来时都会小心翼翼的。它总是趁着银尾巴外出或是睡午觉的时候蹑手蹑脚地溜进林子里，然后咬断树枝。由于树枝上结着很多树籽，所以，当树枝掉到地上时，它就大口大口地吃了起来，等吃够了，再把多余的树籽搬回家。

有一次，银尾巴正在睡觉，忽然听到外面似乎有什么动静，听起来就像是"咔嚓咔嚓"嚼树籽的声音，它立刻意识到来小偷了，于是银尾巴便和老大一起跳出了家门，准备去抓小偷。

红松鼠呢，它也做好了逃跑的准备，当银尾巴出现时，它和老婆立刻就带着很多颗树籽，飞快地逃走了。它们逃跑的路线大概是来之前就精心设计好了吧。不过，银尾巴当时并没有去追赶，见它们已经逃走了，便和老大返回自己的窝里去了。

而红松鼠夫妻两个并没有逃出多远，它们蹲守在附近观察着，见银尾巴一家又回去了，便大模大样地走了出来，继续搬运树籽。

有一天，又有一群不速之客闯入了银尾巴的领地。这次是一群灰松鼠。它们就像是组团来参加秋游的旅客，当经过银尾巴一家的领地时，顺便采摘了一些树籽吃了起来。

银尾巴一家发现了这些入侵者后，便一起跑出来义正词严地进行抗议，这次它们全家都出动了，如果对方不赶紧离开，还要要横的话，那么银尾巴一家就会跟它们拼个你死我活。这是一次正义的战争，它们一家是为了保卫家园而战。

当它们一家都做好了作战的准备时，那些外来的灰松鼠开始心虚了，有的甚至开溜了。因为它们毕竟是来旅游的，而不是真的想争夺谁的地盘，况且银尾巴一家还表现出一种英勇无畏的精神，它们自知理亏，这事搁谁身上都得这么做，于是，当银尾巴带头冲过来时，这些旅行团成员便都灰溜溜地逃跑了。

银尾巴一家这回是不战而胜。

十九

紧接着，十月份又到了。树上的叶子开始凋落了。树上的树籽这时已经完全成熟了，这时它们的外壳都很干爽，有的外壳还裂了开来，熟透的树籽会接二连三地掉落到地面上。

这个季节松鼠是最忙碌的，它们都会尽可能多地采集树籽，以备冬天之用。

银尾巴出生后不久，它的双亲就都死掉了，所以并没有谁教过它怎样采摘树籽。可如今银尾巴却早已学会了，没有谁主动教给它，它都是跟红松鼠学的。

今年它可要多采摘一些树籽了，去年冬天时由于采摘的树籽不多，害得自己还要在大冷天出去寻找吃的，这回可不能那么傻了，它终于掌握了一套正确的采摘方法，自家门前的树籽多得吃不完，采摘够了，冬天就不用出门了，就可以待在家里安安稳稳地睡大觉了。于是，银尾巴领着老大和老三来到了外面。它准备大干一场，同时也教会两个孩子生存的本领。

于是，老大和老三在父母的带领下，也学着采摘起来。

并不是所有的树籽都适合搬运回家里。比如，已经被虫子吃空了的树籽，就不要再往家里运了，因为那里面基本上剩不了多少了，而且也不能吃了。这样的树籽最好扔掉，省得浪费时间。那么，该如何判定里面是不是被虫子吃了呢？银尾巴自有一套办法，它先拿来掂掂，如果特别轻，就说明里面的籽儿已经被虫子给吃了；如果碰到一个大个头的树籽，掂在手里稍微有点儿轻的话，证明虫子还在里面待着呢，里面的籽儿还没被吃完，于是，银尾巴就会将这个树籽掰开，把里面的虫子吃掉，然后顺手把这个毫无价值的树籽扔到一边。

　　如果分量正常的话，那么还得闻一闻它的气味，如果气味对的话，就证明这个树籽适合保存，于是，银尾巴就会把这个树籽叼到嘴里含上一会儿，留下自己的气味。接着，它会继续用嘴叼着树籽，蹦蹦跳跳地跑到不远的一个地方，开始用它的前爪挖坑，挖到刚好能埋下树籽，还不能马上被其他小偷闻到味道的位置，坑就算挖好了。然后，银尾巴就会把这个树籽放到这个坑里，再用前爪把土填好，它有时也会用自己的鼻尖来帮忙填土，然后再用脚踩实，最后再拿片树叶放在上面做掩盖，伪装成这个地方没被动过的样子。

　　这就是银尾巴储存树籽的全过程。接下来，还有一些扫尾工作，就是严密地监控附近的敌人，它们一旦出现，就要立刻将它们赶走。附近总会有一些想不劳而获的家伙，它们的脸皮特厚，见银尾巴一家把树籽埋好了，它们就会跑过来刨坑，把银尾巴一家辛辛苦苦埋藏起来准备过冬的食物刨出来吃掉。这样，无形中就会给银尾巴一家增加了很多工作量，除了埋藏树籽，还得赶走那些不劳而获的小偷。

那些小偷实际上都很胆小，只要听到银尾巴发出一声可怕的叫声，就知道自己被发现了。银尾巴马上会从后面追赶过来，于是，它们便会吓得抱头鼠窜。

赶走敌人后，接下来，银尾巴又开始寻找其他的树籽。

整整一天，银尾巴一家四口都在重复做一件事——寻找树籽，将它们从树上摘下来或者是从地上捡起来，拿在手里仔细地掂量掂量，然后把外壳剥掉，再找个合适的地方挖坑埋起来。银尾巴、母松鼠、老大和老三没有一个偷懒的。它们在自己家附近挖了几百个坑，埋下了几百颗树籽。

十月末的一天，天开始变了，狂风吹了整整一晚上。

第二天早晨，银尾巴一家发现地面上到处都是被昨晚的狂风刮落下来的树籽。这回可好了，不用再跑到树上去采摘了。

整整一个星期，银尾巴一家都在忙着埋落到地上来的树籽。它们为每一颗树籽都仔细地挖了坑，一个个埋好。它们就这样不停地忙碌着，每天都能埋下上千颗。这期间，它们还赶走了各种类型的小偷，一个星期下来，真是累坏了，但心里却感到非常满足。

整个秋季，银尾巴一家总共在森林里埋藏了一万多颗树籽。

到了冬天，森林里的食物变少了，这时，银尾巴一家就会把事先埋藏在地下的树籽挖出来填饱肚子。相比红松鼠把一大堆树籽都埋藏在一个地方而言，银尾巴一家这样做或许显得愚笨了一些。不过，大自然母亲教银尾巴这样的灰松鼠这样做应该是有她的道理的。如果没有谁把这么多树籽分散着埋藏在地下的话，那么树籽就不会发芽，更不会在日后长成参天大树了。为什么要这么说呢？因为银尾巴一家埋藏了那么多的树籽，虽然整个冬天都靠吃这些树籽为生，但总会有一些树籽被它们遗忘或者找不到了。那些残留在地下的树籽，到了春天，就会破土而出，抽出嫩芽，慢慢地长成一棵棵的小树苗。

大概树木和松鼠的祖先很久以前就立下了这样一个规矩：树木把所结的树籽送给松鼠当食物吃，松鼠再把树籽埋藏到地下，这样，有一些树籽的嫩芽就会破土而出，长成参天大树，之后再结树籽，送给松鼠的子孙做食物。这是一个循环往复的过程，长期以来就是这样进行的。所以，每到秋天，我们总能看到松鼠们忙忙碌碌地埋藏树籽的情景。

而有些猎人，却以猎杀松鼠为乐。他们实际上就是破坏森林的坏人。大家不妨设想一下，如果他们杀光了松鼠，那么就没有谁会像松鼠那样认真地埋藏树籽了，这样，经年累月下来，就不会有新的树苗生长出来了，长此以往，树木就会变少，整个森林最终就会消失了。所以，捕杀松鼠就意味着破坏森林。

如果你到森林茂密的地方去，偶尔就会看到这种银尾巴的灰松鼠。它们和银尾巴属于同一个家族，它们一直与森林里的树木和谐地共生共处着。

作为自然之子，银尾巴们祖祖辈辈一直遵守着和树木之间的约定，它们是森林最忠诚的保护者。但愿活泼健康的灰松鼠永远活跃在林间枝头，但愿郁郁浓荫永远覆盖在我们这个蔚蓝色的星球之上。